La maison des lumières

Didier van Cauwelaert

La maison des lumières

ROMAN

Albin Michel

IL A ÉTÉ TIRÉ DE CET OUVRAGE

Vingt exemplaires
sur vélin bouffant des papeteries Salzer
dont dix exemplaires numérotés de 1 *à* 10
et dix exemplaires, hors commerce, numérotés de I *à* X

J'ai rencontré Philippe Necker dans une collision de gondoles. Deux hommes seuls à Venise, l'air en deuil ou largué de frais, fatalement ça crée un lien. Pendant que nos gondoliers remplissaient leurs constats, on a échangé quelques mots. Il venait de Paris, j'étais d'Arcachon. Son métier l'obligeait à passer vingt-quatre heures sur place ; moi j'avais gagné un séjour pour deux.

Chacun a médité la phrase de l'autre. Comme il avait l'air aussi déprimé que moi, je lui ai proposé de partager mon bon pour un dîner aux chandelles à la Luna del mare. Il m'a dit merci, mais qu'il devait travailler toute la nuit. On a échangé nos numéros de portables, au cas où, et on est repartis sous les *Sole mio* de nos gondoliers.

Je me suis retourné malgré moi, sur la banquette rouge en velours boutonné conçue pour les baisers romantiques. Lui aussi, de dos, enlaçait le vide. L'autre main traînant dans l'eau noire du canal, la tête basse, un peu voûté, les cheveux couleur cendres et le teint de cire, il avait une élégance naturelle en décalage avec son accoutrement ridicule. Le bermuda rayé vert pomme et le polo touristique avaient tout du camouflage. C'était peut-être un type des services secrets, ou alors un tueur à gages.

Je me suis demandé ce qu'il imaginait sur moi, de son côté. Sous mon physique balourd de plagiste en hiver, pouvait-on encore deviner la star que j'avais été de quatre à douze ans ? Ou bien ne voyait-on que le glandeur anxieux que j'étais devenu par la suite ?

Il ne s'est pas retourné. Il avait déjà dû m'oublier. Sa gondole a disparu sous un pont, et j'ai pensé qu'on en resterait là.

Je ne me doutais pas que ce désabusé en fin de course, qui avait deux fois mon âge et le cœur brisé par le même genre de femme, allait faire basculer mon destin.

L'hôtel où m'a conduit le gondolier est une espèce de ruine cachée par une bâche, qui représente sa façade telle qu'elle était autrefois. Le « charmant petit canal à l'écart des grands axes », d'après Internet, est un égout à ciel ouvert. A quoi bon râler : c'est gratuit.

La réceptionniste parle franco-italien avec un accent russe. La mondialisation. Elle épluche mon voucher, me félicite pour ma victoire au jeu-concours, s'étonne que je sois seul, et prend l'empreinte de ma carte de crédit pour les extras du minibar.

– *Per favore*, un petit autographe…

C'est fou comme ce mot continue de me crisper, dix ans plus tard. Si mon nom fait encore froncer des sourcils en France, à cause des rediffusions, ma tête heureusement ne dit plus rien à personne.

– *Grazie mille, signore*, juste une petite fiche de

renseignements, *scusi,* et je vous laisse profiter de votre séjour.

– Y a pas de quoi.

A la rubrique « profession », je marque un temps, comme d'habitude. Que vais-je répondre, aujourd'hui ? Comédien en préretraite, musicien sans emploi, boulanger au chômage ? Il n'y a pas assez de cases pour me situer socialement. Autant écrire « touriste ».

En fait, je suis entré en vie active le mois dernier, à vingt-cinq ans, pendant quarante-huit heures. Le troisième jour, un type a ouvert la porte, il a dit qu'il était de la Répression des fraudes, et il m'a demandé quatre cents euros parce que j'avais planté l'étiquette du prix dans un éclair au chocolat sans avoir écrit dessus : « éclair au chocolat ». J'ai cru à une blague, je me suis marré, alors il a doublé l'amende parce que le tarif des pains, derrière la caisse, devait être affiché légalement à moins de deux mètres du sol. J'ai expliqué que je mesurais un mètre quatre-vingt-douze, et que j'avais accroché l'affiche plus haut parce qu'on ne la voyait pas quand j'étais devant, et que j'étais toujours devant puisque mon boulot c'était d'être à la caisse.

Là-dessus j'ai voulu servir un client normal, mais le répresseur des fraudes m'en a empêché en disant qu'il voulait contrôler la température des frigos. Comme j'étais seul au comptoir, je lui ai proposé de repasser quand le patron serait là. Il a répondu qu'il avait autre chose à faire. J'ai dit moi aussi. Alors il a repris son mètre, pour vérifier si la réglette où j'avais marqué « fougasses au lard » mesurait bien dix-sept centimètres, et il a frémi de joie en constatant que non. Il manquait six millimètres : je n'étais pas aux normes de Bruxelles. Avec un rictus de violeur en série, il m'a dit que, sans se vanter, j'étais dans le pétrin – c'est là qu'il a pris un pain dans la gueule, et ce n'était pas au sens propre.

Une heure plus tard j'étais viré, mais ce n'était pas vraiment grave parce que le CAP de boulanger c'était juste pour rassurer mon père, qui m'avait laissé faire des études musicales à condition que j'aie un vrai métier à côté – le sien. Comme il était mort l'an dernier, ça ne dérangeait plus personne que je sois demandeur d'emploi. D'ailleurs je ne demandais rien.

J'ai invité Candice à manger des tagliatelles, le soir, pour préparer le voyage que je nous avais gagné au jeu-concours de France Musique. Ce serait le week-end de ma dernière chance ; je lui ferais une demande-surprise en mariage dans la ville la plus romantique du monde. Tant pis pour le cliché : il s'agissait d'être efficace. Mais on s'est disputés pendant la cuisson des pâtes à cause de mon problème de violence, comme elle disait, parce que j'avais eu le tort de lui raconter ma journée.

Et voilà comment, trois semaines plus tard, je me retrouve seul à Venise dans une suite nuptiale, en tête-à-tête avec une bouteille d'*asti spumante*, deux verres, un lit king-size et une carte postale que je rature. Jusqu'au dernier moment, j'ai espéré qu'elle allait me rejoindre à l'embarquement.

Mon amour,

Je suis bien arrivé. L'avion n'avait qu'une heure de retard, j'ai pris à la sortie de l'aéroport un vaporetto qui a traversé la lagune jusqu'à une station de gondoles, il fait un temps de rêve et l'hôtel est magnifique : tu aurais adoré.

Tu me manques mais je fais comme si tu étais là, alors maintenant je t'emmène à la place Saint-Marc, sur l'île du Lido et puis au musée Guggenheim. Je vais suivre l'itinéraire que tu nous avais préparé, je regarderai Venise pour deux, comme ça on restera ensemble. Je t'aime de toute mon âme, de tout mon cœur, de tout mon corps, et c'est de pire en pire. Je voudrais tellement qu'on se retrouve comme tu étais l'an dernier.

Le sommeil me gagne, sur le lit géant recouvert de pétales de roses pour faire nuit de noces. Je me réveille au bout d'un moment, à l'autre bout du matelas, ma chemise raturée de noir. Je rebouche le stylo, relis ma carte postale, et la classe dans le dossier *Candice*, où s'entassent les lettres que je n'ose pas lui envoyer depuis qu'on ne fait plus l'amour.

Je me regarde dans la glace, dérisoire et fier de l'être. Je ne peux pas admettre que notre histoire soit finie. Je ne suis ni un maso, ni un boulet, ni un poète ; je ne suis qu'un type ordinaire avec une passion trop grande pour lui. Je n'ai pas les moyens d'en faire quelque chose, ni la force de tirer un trait, ni la faiblesse d'aller voir ailleurs. Alors je tourne en rond, je revis nos souvenirs en boucle, dans l'illusion que le bonheur passé finira par déteindre sur le présent pour nous redonner un avenir. Foutaises – mais que faire d'autre ? Je ne suis plus d'actualité, pour Candice, elle me l'a dit, elle est honnête, c'est comme ça depuis un an et moi j'attends. J'attends un miracle, j'attends qu'elle me revienne tandis qu'elle voudrait que je l'oublie. J'attends qu'elle change, alors qu'elle est enfin bien dans sa peau, dit-elle, et elle m'en remercie, mais je ne suis plus compatible avec ce que je l'ai aidée à devenir.

Elle a raison, sûrement. En fait, je n'ai rien à lui

reprocher. Elle est gentille, elle fait tout pour m'aider à me passer d'elle. C'est la maladie qui se prend pour le remède. Et je n'ai même pas de regrets, de colère, ni d'amour-propre. J'attends pour rien, je le sais. Veilleuse inutile dans la clarté de sa vie actuelle. Mais si j'éteins la veilleuse, je meurs.

Bon, allons-y. Je prends une douche, j'enfile mon beau costume en lin préfroissé de chez Arc'Fashion, celui qu'elle préfère. J'emprunte un parapluie à la réception, et je pars sous le crachin commencer ma lune de miel en solo.

Depuis vingt minutes, je regarde fixement les deux fenêtres éclairées en me demandant ce qu'il y a derrière. Je ne sais pas d'où me vient cette émotion, du talent de l'artiste ou des goûts de Candice, mais je me sens terriblement attiré par ce tableau désert. Je pourrais dire qu'il me « parle » – mais ce n'est pas ça. J'ai l'impression qu'il m'écoute. Qu'il me comprend. C'est comme si le vide de ma vie m'ancrait dans ce décor sans passants, dans cette maison baignée d'un crépuscule improbable, alors que le ciel au-dessus des arbres est clair comme à midi.

L'œuvre s'appelle *L'Empire des lumières.* C'est une huile sur toile de René Magritte, 195 × 131. La pancarte précise qu'elle a été peinte entre 1953 et 1954, et ça ne m'étonne pas que l'artiste y ait passé tout ce temps. Impossible de s'arracher à la contemplation. La sérénité froide qui émane des trois sources de lumière – le réverbère et les deux fenêtres éclairées au premier étage – me fascine et m'oppresse. J'ai l'impression qu'on me regarde, à l'intérieur du tableau, qu'on me surveille et qu'on attend. C'est ridicule, mais je sens derrière la toile la présence de Candice, comme lorsque je la guette à la tombée de la nuit, depuis la rue, caché par le kiosque à poubelles, pour voir si elle est seule chez elle, si elle est bien, si elle sait que je l'observe…

Quand je lui ai annoncé que j'avais gagné ce week-end, elle s'est illuminée comme autrefois dans mes bras. Venise, pour elle, ce n'était ni le carnaval ni les gondoles ni le pont des Soupirs ; c'était *L'Empire des lumières.* Son tableau préféré, dont la reproduction était encadrée dans sa chambre, mais qu'elle n'avait jamais vu « en vrai ». Elle m'a demandé : « Tu m'emmènes ? », avec des boules de Noël dans les yeux. J'ai répondu, comme un con : « En tout bien tout honneur. » Pour ne pas avoir l'air de profiter de la situation. Elle a paru déçue. Je ne suis pas d'une intelligence à couper au couteau, je le sais bien, mais l'amour me rend spécialement idiot, même si je prends ça pour de la délicatesse.

Elle m'a effleuré le dos de la main en murmurant :

« Disons qu'on pourrait faire comme si on venait de se rencontrer, à la basilique Saint-Marc. On sympathise, tu me proposes d'aller prendre un verre au Lido, dans le décor suranné de l'Hôtel des Bains où Visconti a tourné *Mort à Venise*, et ensuite je t'emmène au musée Guggenheim découvrir mon Magritte. » Elle a ajouté, le regard en coin : « On verra si quelque chose se rallume. » Elle savait si bien jouer avec mon feu... J'essayais encore de me faire croire que c'était dans l'espoir de ranimer sa propre flamme. Mais au fond de moi, j'avais compris qu'elle était parfaitement heureuse dans ce qu'elle appelait « l'évolution de notre relation », cette amitié d'enfance qui avait succédé à notre passion sexuelle, et que le retour en arrière était pour elle une voie sans issue.

Je suis allé place Saint-Marc. La basilique interdite au public était recouverte par un percolateur en tulle, tandis que la tête géante de George Clooney masquait le Campanile pour le lancement mondial de Nespresso II. Quant à l'Hôtel des Bains, il était fermé pour rénovation. Il me restait le musée.

Je n'entends plus la rumeur des visiteurs autour de moi, je ne perçois plus les présences. L'esprit capté par le tableau de Magritte, je suis comme figé dans une toile d'araignée. J'aurais tant aimé vivre avec toi dans une maison de ce genre. Nos deux fenêtres éclairées parmi toutes ces chambres vides. Seuls au monde dans le silence et la place perdue – comme ce dimanche matin où, quatre ans plus tôt, j'étais venu livrer les croissants de mon père dans ta villa de famille. Toute ta tribu était à la messe, la vieille cuisinière vidait un poulet. J'avais proposé de monter ton plateau. Depuis quinze jours, tu étais cloîtrée dans ta chambre au deuxième étage, la jambe cassée. Accident de ski nautique.

Je t'avais trouvée en train de sortir de la salle de bains, en nuisette grise par-dessus le plâtre qu'avaient signé tous tes copains de fac. L'appui sur tes béquilles avait fait glisser ta bretelle gauche. Ta beauté en souffrance m'avait paralysé de timidité, dans le clair-obscur de cette chambre lilas qui sentait la verveine et le camphre. J'ai dit que j'apportais les croissants. Tu as répondu qu'ils avaient l'air de sortir du four. J'ai confirmé : j'avais grillé trois stops. En arrivant devant moi, tu as lâché tes béquilles, tu les as remplacées par mes bras. Je ne sais plus qui de nous deux a embrassé le premier. On se côtoyait depuis toujours, du Club

Mickey aux discothèques : ma carrière d'acteur en herbe t'avait fait rêver, et puis c'est moi qui m'étais mis à fantasmer sur toi, à mesure que je sombrais dans l'oubli. A présent le héros déchu des séries télé était devenu livreur à la boulangerie paternelle, et la troisième fille du Dr Delâtre achevait ses études de médecine. A bac plus huit, tu piaffais d'entrer enfin en vie active, et moi, de quatre ans ton cadet, j'avais ma carrière derrière moi.

Dans le flou tamisé de ce dimanche de pluie, nos différences avaient joué pour nous : ton impatience s'était unie à ma résignation, ta blondeur ondulée à ma tonsure de GI, tes rondeurs vives à mes angles morts, et les contraires s'étaient fondus dans une étreinte express, fatalement indexée sur la durée de la messe.

Tu avais néanmoins trouvé le temps de jouir trois fois, et moi de me râper la cuisse droite jusqu'au sang sur ton plâtre. Bouleversé de bonheur, je l'avais dédicacé avant de partir, griffonnant dans le seul espace libre une déclaration d'amour aussi discrète que possible. Avec un air de pudeur coquine, tu m'avais glissé : « Tu sais, on n'est pas obligé de signer quand on me saute. » Le fard que j'avais piqué avait scellé notre connivence. Un pacte de chair et de rire qui m'avait donné des ailes durant trois ans, et que je remplaçais aujourd'hui par les antidépresseurs.

– *Chiuso, signore.*

La chambre lilas se dilue dans le cadre orange des deux fenêtres que je fixe. Peu à peu, je prends conscience de la sonnerie aigrelette qui vide les salles autour de moi. Les spots du plafond clignotent pour hâter l'évacuation. Je n'ai pas envie de partir. D'ailleurs je suis incapable de bouger. La douce clarté des fenêtres me retient de mon plein gré. Je suis si bien dans ce tableau. J'ai retrouvé mon premier dimanche chez Candice, j'échappe à la pesanteur de ma vie sans elle, je m'attarde sous sa couette et le temps ne compte plus.

Je sursaute. Les lumières orange viennent de disparaître sous mes yeux. Incrédule, je m'approche de la maison, recule, me décale sur la gauche, comme pour voir derrière le tronc d'arbre qui sépare les deux fenêtres. Le cœur battant, la bouche sèche, je me tourne vers le gardien qui vient d'abaisser l'interrupteur central. Je balbutie :

– Pardon, mais… y a le tableau qui s'est éteint.

– C'est l'heure, monsieur, répond-il en français avec un sourire placide. On ferme.

Il s'éloigne en boitant jusqu'à l'interrupteur de la salle voisine.

Je me retourne vers la toile, essaie de glisser un œil derrière le cadre. Il est trop proche du mur : pas moyen de repérer le système d'éclairage. C'est bien conçu, en tout cas. Je reviens au centre du tableau, colle le nez à l'une des fenêtres. La peinture des carreaux est gris-bleu, à présent. On ne décèle plus la moindre nuance orange.

Je me demande comment c'est possible, techniquement. Le catalogue a raison : Magritte était un génie. Ou alors c'est Peggy Guggenheim, connue pour ses idées excentriques, qui avait installé ce gadget. J'imagine, à partir des quelques meubles restants, sa résidence vénitienne avant qu'elle ne devienne un musée. Les dîners intimes autour de la table de monastère, la milliardaire mécène fêtant ses peintres chéris jusqu'à plus soif, et puis le signal d'extinction des feux donné par son tableau de Magritte. Comme un code amoureux qui lui survit. Ce qui m'étonne un peu, c'est que le réverbère, lui, soit resté allumé. D'un autre côté, c'est logique : lorsqu'on va se coucher, on n'éteint pas l'éclairage public.

Je me dirige vers la porte-fenêtre donnant sur le Grand Canal. Il faut que j'aille voir, avant de partir, l'autre œuvre d'art qui d'après Candice a donné sa gloire au musée : la bite amovible du sculpteur

Marino Marini. Au centre de la terrasse inondée par les eaux croupies de la lagune, la statue équestre en bronze luit au soleil couchant. Le cheval regarde vers l'hôtel Danieli ; le cavalier nu, lui, bande en direction de l'Accademia. Les jours de fête religieuse, paraît-il, avant de recevoir des dignitaires de l'Eglise, Peggy Guggenheim lui dévissait la queue. J'empoigne l'objet litigieux, essaie de le tourner dans les deux sens. Visiblement, par crainte des voleurs, on lui a soudé le pas de vis.

Je ferai mon rapport à Candice. J'aime tant la voir rire quand on parle de cul, même si elle a fait une croix dessus. L'humour, c'est la dernière chose qu'on partage. Ça me déchire, mais j'essaie d'assurer. Je ferais n'importe quoi pour ne pas la perdre complètement. C'est devenu ma seule raison de vivre. J'ai connu beaucoup de femmes avant elle, j'ai de quoi comparer, et je ne reviendrai pas sur mon choix. C'est elle ou rien, et c'est dans mon intérêt aussi. Je ne me gâche pas la vie, comme le répète ma mère. Au contraire. C'est quand il m'est arrivé de faire l'amour à une autre femme, en guise de test, que je me suis senti vraiment malheureux. Je suis poli, mais je n'aime pas faire semblant. Surtout que je fais ça très bien, avec mon passé d'acteur, et qu'ensuite j'ai un mal fou à me dépêtrer des figurantes qui ont cru à ma sincérité.

Le gardien m'interpelle, dans son français de pizzeria. Il me dit que la sortie est de l'autre côté : je ne vais pas partir à la nage. Pour gagner quelques secondes, je le complimente sur le charme de son musée. En me ramenant à l'intérieur, il m'explique que ce petit *palazzo* blanc devait être le plus haut de Venise, mais que les fondations avaient fait s'écrouler la demeure mitoyenne, alors une pétition des voisins l'avait réduit à ce rez-de-chaussée : le plancher du premier était devenu un toit-terrasse. J'essaie de jeter un œil à *L'Empire des lumières*, au passage – la salle est fermée. Sur le seuil, le gardien me tend chaleureusement la main en me disant de revenir quand je veux. Mais je n'ai plus de monnaie. Son visage s'éteint, et la porte en fer forgé se referme sur moi en vibrant de toutes ses vitres.

Je traverse le jardin silencieux, dans l'odeur entêtante du chèvrefeuille et du jasmin qui montent à l'assaut des pins. Une tombe attire mon regard, entre les buissons. J'écarte les branches pour lire les noms. Ils sont une vingtaine sous la dalle en marbre : Peggy Guggenheim s'est fait enterrer à la suite de ses chiens. Curieusement, les premiers n'ont vécu qu'une dizaine de mois, ensuite ça s'est stabilisé autour de quinze ans. Je me demande pourquoi. Défaut d'entretien, amour progressif ou changement de race ? Je me raccroche à n'importe quoi, n'importe quelle pensée subsidiaire pour reculer le moment de me retrouver seul derrière les grilles, avec la perspective d'une soirée vide dans cette ville d'amoureux.

C'est là que mon portable a sonné. Le mot *Inconnu* qui s'affichait sur l'écran m'a fait battre le cœur. Depuis qu'on n'était plus ensemble, elle masquait son numéro, une façon comme une autre de marquer ses distances. De même, elle disait désormais : « C'est Candice », au lieu de : « C'est moi. » Mais là, ce n'était pas elle.

– Jérémie Rex ? Bonsoir, ici Philippe Necker, l'accident de gondole. Si ça vous dit, j'ai une heure à tuer avant la tombée de la nuit. Les nécessités de mon job. Je suis au Harry's Bar, vous connaissez ?

J'ai cherché dans mon guide. Son ton était bizarre. Sec et tendu, alors que son envie de ma compagnie semblait sincère. A nouveau, je me suis posé des questions sur ce qu'il appelait son « job ». Quel métier nécessite la tombée de la nuit ? S'il était venu à Venise pour tuer autre chose qu'une heure, ça voulait dire qu'il travaillait au viseur à infrarouge. J'ai souri malgré moi. Peut-être qu'il voulait m'utiliser comme alibi.

Dans la morosité froide qui me gagnait, dans ce désert intérieur qui allongeait ses ombres au soleil couchant, l'hypothèse ne me dérangeait pas. Au contraire. Servir de couverture, ça tient chaud.

Finalement, ce Bellini dont les guides font tout un plat, cette recette mythique et secrète du Harry's Bar de Venise, c'est du sirop de pêche avec du vin mousseux. Fade et sucré à la fois, ça soûle par surprise en empâtant l'esprit – tout ce que je déteste. Quant au Harry's Bar en lui-même, rendez-vous légendaire des Hemingway et compagnie, c'est un réduit bondé où les gens font la queue pendant une heure, dans la sueur et le vacarme polyglotte, pour un coin de tabouret qui leur coûtera la peau des fesses. Histoire de pouvoir dire ensuite : « J'y étais. »

– Vous avez une photo ?

Je pianote sur mon téléphone, choisis la Candice la moins nue de ma collection de dimanches. On vient de faire l'amour, elle s'étire sur sa couette à carreaux, la main dans ses cheveux blond-roux couleur de ses yeux, entre moutarde et feuille morte. Il y a tant de joie, de sérénité, d'évidence dans son regard... Une telle promesse d'éternité. Je n'arrive pas à croire que notre avenir soit derrière nous. Chaque fois que je la regarde sur mon portable, j'invente un nouveau temps de conjugaison. Le présent antérieur.

– Elle est très belle, dit Philippe Necker d'un ton morne. Moi, je n'ai que ça.

Il me tend une photo de lui, enlaçant une femme sans tête. Coupée en rond par des ciseaux.

– Elle s'appelait Marie-Louise. La fille pour qui je suis parti a voulu l'effacer de ma vie, à tout point de vue, ensuite elle m'a jeté pour un autre, et Marie-Louise est morte. Jamais je n'aurais dû la quitter. Je n'ai plus personne et je n'ai plus de photo.

Je compatis. Cela dit, je ne sais pas ce qui est pire. Devoir faire un effort de mémoire pour reconstituer le visage d'une défunte, ou se trimbaler quarante-huit beaux souvenirs d'une vivante qui se refuse.

– Vous la revoyez ? demande-t-il avec son air de chien battu, en rempochant sa photo à trou.

Je hoche la tête, et j'éteins mon portable.

– Elle a changé ? demande-t-il avec un genre d'espoir.

Je réponds que non, justement : c'est le problème. Si notre séparation l'avait rendue moins belle, j'irais mieux. Du moins j'aurais prise sur ce que j'éprouve ; je pourrais avoir recours à l'esprit critique, à la récrimination. Mais je ne peux même pas l'accuser d'être toxique : c'est moi qui suis allergique à son absence. Et quand elle est en face de moi, on n'a plus rien à se dire, parce que tout ce qui m'obsède lui est devenu étranger. Si je lui parle état de manque, elle me répond cheminement intérieur.

– Rien n'a changé entre nous, Jérémie, sauf le sexe, répète-t-elle avec autant de fermeté que de bonne conscience.

En fait, c'est la faute de son psy, qui a réussi à la persuader qu'on avait abusé d'elle quand elle était bébé. Depuis, toute sa libido a disparu, même dans le noir. Et ce n'est pas en cassant la gueule du psy que j'ai résolu le problème. En désespoir de cause, j'ai tout essayé pour la détromper – et pour la rassurer, en même temps, si jamais cette histoire de viol était vraie. J'aurais voulu racheter à moi tout seul l'espèce humaine, par la force de l'amour, de la douceur, de la compréhension. Mais je ne suis qu'un homme, moi aussi. J'ai mes pulsions, j'ai mes besoins, j'ai mes limites. J'ai même cru qu'elle avait rencontré quelqu'un d'autre. Sa manière de me répondre : « Si seulement c'était ça », les larmes aux yeux, était d'une sincérité si criante que j'aurais peut-être encore préféré qu'elle me trompe.

– Je vous envie, murmure Philippe Necker.

En me voyant hausser un sourcil, il enchaîne aussitôt :

– Au moins, vous éprouvez quelque chose de vivant. Il y a du suspense. Du conflit. Moi, c'est l'hiver nucléaire. Mais continuez, ça me fait du bien.

Je laisse passer un petit silence, par politesse. Je n'ai jamais rencontré quelqu'un d'aussi triste. Ça me fait du bien, à moi aussi, dans un sens. Je croyais avoir touché le fond, et je tombe sur un inconnu qui est descendu encore plus bas. Cet homme que j'ai pris pour un tueur à gages diffuse, en fait, un ennui assez mortel, mais totalement gratuit.

– Je vous envie, oui, répète-t-il après quelques instants. Vous avez des certitudes, ça se voit.

Je nuance d'une moue son impression visuelle. S'il appelle « certitudes » une somme de doutes contradictoires qui s'annulent, je veux bien. Mais sinon… Quand je regarde ce qu'est devenue Candice, en toute objectivité, je ne comprends plus pourquoi je l'aime. La rieuse torride s'est métamorphosée en vierge raide, sans élan, hermétique. Une beauté vitrifiée, une vue de l'esprit, un trompe-l'œil. De son éclat sensuel, il ne reste plus qu'un charme de façade, un vernis poli, un sourire sur la défensive. Elle me jure que tout ce qu'elle ressent pour moi est intact – peut-être, mais c'est congelé. Je suis amoureux d'un frigo, et je me laisse crever de faim devant sa porte close.

Il hoche la tête, dans l'écho de ma phrase. C'est la première fois que je me confie à quelqu'un.

– Vous êtes suicidaire, vous aussi, se réjouit-il.

J'écarte les bras, fataliste. Je n'y peux rien : plus elle me repousse et plus je l'adore. Le feu d'artifice qui embrasait nos corps est devenu un cancer qui me ronge, mais je l'assume. Je refuse la chimio de l'oubli. Mieux vaut mourir de ce qu'on aime, en connaissance de cause, que de survivre pour rien. Alors oui, profiter de la lagune pour se foutre à l'eau, pourquoi pas ? Ce n'est pas du désespoir, c'est de la lucidité. J'ai tout misé sur Candice, tout investi dans notre histoire. Je crois qu'elle m'aime toujours sincèrement, à sa manière, mais qu'elle m'aimera mieux une fois mort. Je n'ai peut-être pas réussi grand-chose, dans ma vie ; ça ne m'empêche pas d'être un perfectionniste.

Philippe Necker m'a écouté avec une émotion solidaire. Il me répond que lui, Marie-Louise est décédée dans une avalanche pendant les vacances de Pâques. Elle était si parfaite, comparée à lui, qu'il a passé leurs dix ans de vie commune à la tromper pour se revaloriser et, depuis, il s'est rendu compte que les autres femmes s'étaient foutues de sa gueule, alors il s'en veut de tout son cœur et il voudrait tellement qu'elle lui pardonne.

J'ai une moue perplexe.

– Vous croyez que les morts nous entendent ?

– Hélas, soupire-t-il. Mais ils ne me répondent pas.

Je mets sa phrase bizarre sur le compte du chagrin qui noie ses yeux. Il nous commande deux autres Bellini.

– Elle était collectionneuse de papillons, poursuit-il, lugubre, comme on rajoute une pierre à un mausolée. Le pire, c'est que je continue à recevoir des spécimens qu'on lui envoie du monde entier. On n'était pas divorcés, et je ne sais pas qu'en faire. Ça pue au bout de huit jours, alors je les jette. Et vous, elle fait quoi ?

– Cardiologue. De père en fille.

Je précise que je l'ai poussée à voler de ses propres ailes, à quitter le cabinet familial pour prendre des parts dans Mytilia, un centre de thalasso axé sur les vertus curatives des moules que trois de ses confrères ont créé sur le bassin d'Arcachon. C'est beaucoup de travail et d'initiative, ça l'épanouit, mais ça ne lui laisse plus de temps pour le reste – moi, en l'occurrence. D'autant que, pour l'aider à acheter ses actions malgré l'opposition de son père, j'ai retiré mes cachets de comédien de la Caisse d'épargne, ces trente mille euros qui travaillaient depuis mon enfance. Elle ne voulait pas, et elle s'est mis en tête de me rembourser en deux ans ; évidemment, ça n'arrange rien. J'ai voulu passer du rang de sextoy à celui de bâilleur de fonds, et maintenant elle me voit comme un créancier à court terme.

– Venez, dit-il. J'ai besoin de fumer.

Il finit son verre et laisse ses lunettes sur la table, pour bien montrer à la fois qu'elle n'est pas libre et qu'il n'a pas l'intention de partir sans payer. Au bord du trottoir qui longe la lagune, il me tend son paquet orné d'un cancer de la gorge en phase terminale.

– Vous savez ce qui tue le plus de fumeurs ? demande-t-il. C'est l'inscription « Fumer tue ».

Il allume nos cigarettes, et on s'accoude au parapet. Je me décide à lui demander sa profession.

– Chercheur.

J'attends qu'il développe. L'œil vide, il regarde en silence les vaporettos croiser les bateaux-taxis, devant la masse gigantesque du paquebot qui bouche la vue sur les îles.

– Vous travaillez souvent la nuit ?

– Il vaut mieux, oui. Je m'absente toujours une heure, après avoir installé mon matériel. Pour avoir des données brutes.

Il y a si peu d'entrain dans sa voix que je m'abstiens d'insister. Je me tourne vers la Douane de mer, la perspective des palais décatis et des ponts en dos-d'âne. La lune sortie des nuages éclaire le décor en carton-pâte de cette ville de cinéma. Si peu réelle, si peu envoûtante par rapport à la maison de Magritte où sont retournées mes pensées.

– A quoi songez-vous, monsieur Rex ?

Comme je ne réponds pas tout de suite, il enchaîne douloureusement :

– Vous avez un nom de berger allemand.

A son ton, je devine qu'il a aussi perdu un chien, alors je le détourne du sujet en lui demandant s'il connaît Magritte. Il acquiesce. Il dit qu'il préfère Dalí. Je lui raconte la scène de tout à l'heure, au musée Guggenheim, ma surprise quand j'ai vu s'éteindre *L'Empire des lumières.*

– S'éteindre ?

– Oui, les deux fenêtres à gauche. Il y a un système d'éclairage miniature, comme sur les trains électriques.

Il fronce les sourcils.

– J'ai froid, répond-il en jetant sa cigarette à l'eau. Nous rentrons ?

Après avoir regagné la table en titubant et renouvelé nos consommations, il réfute mon hypothèse d'un air soucieux :

– Ce n'était pas le genre de Magritte, d'accessoiriser un tableau. A ma connaissance, il n'a jamais utilisé autre chose que de la peinture.

Son phrasé très lent, les yeux plongés dans les miens, a quelque chose de médical qui m'irrite. Comme s'il parlait à un déséquilibré qui a l'air inoffensif, mais on ne sait jamais. Je conclus, pour couper court à ses soupçons :

– Ou alors c'est une peinture phosphorescente, un truc comme ça, qui s'éteint quand on coupe les spots du musée. Voilà.

– Et ça sert à quoi ?

J'ai un geste d'ignorance. Le serveur dépose nos verres, ajoute un ticket aux six précédents, repart en slalomant dans la file des gens debout qui s'impatientent. Philippe Necker insiste, le regard noyé à la surface de son Bellini :

– Je veux dire : quel est le sens ? Tout a un sens, chez Magritte. Il y a une démarche, en tout cas. L'absurde a toujours une résonance émotionnelle.

C'est pour ça que je préfère Dalí, dans l'état où je suis. J'essaie d'arrêter les émotions.

Il mord ses lèvres, les larmes aux yeux, en se concentrant sur la spatule jaune immergée dans son verre. Touché par la montée de détresse que j'ai déclenchée sans le vouloir, je suggère plus doucement :

– Il a peut-être voulu dire qu'un tableau, quand on ne le regarde plus, il s'endort.

Philippe Necker me considère pensivement, avec un fond de perplexité qui finit en haut-le-cœur. Il vide son verre, le repose.

– Vous faites quoi, comme métier ?

– Boulanger.

Son visage ne ponctue rien. Je rectifie, pour la forme :

– Intermittent du pain, je dirais.

Il n'a pas écouté. Il fait signe au serveur de remplacer nos verres ; du coup je m'empresse de boire le mien. Ce n'est pas poli de se laisser distancer, quand on se cuite en binôme. Surtout que, visiblement, je tiens l'alcool beaucoup mieux que lui.

– Il y a d'autres témoins ?

Je sursaute.

– D'autres témoins de quoi ?

– De l'extinction des lumières.

Je réfléchis, repasse la scène dans ma tête.

– Non… Je ne crois pas.

– Vous avez déjà eu ce genre de… phénomène visuel ?

– Pourquoi ? Vous pensez que j'ai rêvé ?

– A cette heure-ci, je ne pense plus, monsieur Rex. D'ailleurs, il faudrait que je rentre. J'ai du boulot.

Je me retiens d'observer que, dans l'état où il est, il ferait mieux de dormir et de s'y mettre demain. Il lit les sous-titres dans mes yeux, sourit vaguement en laissant filer l'air de son nez.

– Ce sont mes appareils qui travaillent, en réalité, dit-il. Moi je relève les mesures, c'est tout. Je lis les résultats, j'analyse, je quantifie, j'interprète… Vous voulez venir voir ?

Je fais mine d'hésiter, par courtoisie. Tout plutôt que de me retrouver seul dans ma suite nuptiale.

Il a hélé un bateau-taxi pour faire trois cents mètres, lui a dit de stopper devant les marches moussues d'un immense palais caca-d'oie au rez-de-chaussée muré. Je l'ai aidé à sortir de la vedette en acajou où il tanguait dangereusement sur ses semelles en cuir. Il a sorti de sa poche intérieure un trousseau d'une quarantaine de clés, modèle pénitencier. Son pied droit a dérapé sur la marche inondée, je l'ai rattrapé avant qu'il ne tombe à l'eau.

– C'est chez vous ? j'ai demandé, impressionné.

– J'y loge cette nuit, le temps de ma mission. Bon, c'est laquelle ?

En continuant de patiner sur les algues, agrippé de la main gauche à la grille, il a essayé tour à tour les dix plus grandes clés dans la serrure rouillée. Le bateau-taxi était reparti, et je lui ai demandé avec un brin d'angoisse s'il était sûr de ne pas s'être trompé de palais.

– J'espère. Je suis entré par la ruelle, tout à l'heure, de l'autre côté, mais c'est une espèce de boyau infâme où j'ai sonné à toutes les portes avant de trouver la bonne : aucun numéro.

– Il n'y a pas de personnel ?

– Si, un gardien. Il m'a expliqué les portes et les clés, mais je lui ai dit d'aller dormir chez sa sœur. Je ne veux personne, quand mes appareils tournent.

– Et moi, vous êtes sûr que je ne vous dérange pas ?

– Si vos vibrations polluent l'enregistrement, je verrai bien en comparant avec le tracé d'avant votre arrivée, et mon logiciel les effacera.

J'évite de demander des éclaircissements, pour ne pas perturber sa concentration sur la serrure. Ça fait déjà trois fois, me semble-t-il, qu'il introduit la même clé.

– Voilà ! triomphe-t-il en s'arc-boutant sur les entrelacs de rouille.

Je l'aide à pousser la grille dans un grincement qui doit réveiller le quartier. On passe sous une voûte, on traverse une cour d'herbes folles et il ouvre un petit panneau dans une immense porte cochère à double battant. L'odeur d'humidité me saute à la gorge, tandis que les lustres en cristal révèlent un hall lugubre en marbre verdâtre, aggravé par une cage d'escalier dont la rampe en fer forgé évoque des prisons médiévales. Le tout garni d'ancêtres encadrés qui font la gueule dans leurs habits d'officier, de prince ou d'évêque.

Philippe Necker met un doigt sur sa bouche en me désignant une sorte de magnétophone à parabole qui clignote au pied des marches. Un deuxième est disposé au sommet de l'escalier, une dizaine d'autres se succèdent dans les salons en enfilade.

Sur l'immense table de Conseil des ministres qui trône entre deux cheminées à six mètres du plafond, dans la salle à manger de gala donnant sur le Grand Canal, un ordinateur est relié à des appareils inconnus qui bourdonnent. Il me désigne le fauteuil sculpté à côté du sien, puis l'écran centralisant les informations. Quelques manips sur le clavier font apparaître différents graphiques et des courbes en mouvement.

– Personne, conclut-il.

Je lui fais remarquer que c'est un peu voyant, comme système d'alarme. S'il est représentant en matériel de sécurité, il a intérêt à améliorer sa démo. La voix pâteuse, trébuchant sur les fins de mots, il m'explique que son travail, à l'origine, consistait à évaluer l'effet des pollutions biophysiques sur la santé des assurés sociaux : lignes à haute tension, téléphonie mobile, wi-fi, micro-ondes, nœuds telluriques et rivières souterraines. Mais l'an dernier, sur proposition du ministère de l'Intérieur, il a été viré du CNRS parce qu'il avait prouvé, rapport à l'appui, que l'agressivité croissante des gens était due aux radars routiers, dont les hyperfréquences provoquent dans l'organisme un excès d'adrénaline. Alors il était passé dans le privé, où il mesurait à la demande des particuliers ou des entreprises les nuisances électromagnétiques et, accessoirement, les phénomènes paranormaux.

– C'est-à-dire ?

– Lorsque des portes s'ouvrent toutes seules, que des objets se déplacent ou qu'on voit des apparitions, c'est le produit d'une énergie mesurable, qu'elle soit puisée dans l'environnement – la température s'abaisse de plusieurs degrés – ou dans le métabolisme des personnes présentes – psychokinèse classique, comme pour les cas de poltergeist imputables à la puberté.

– Vous êtes en train de me dire quoi, là ? Que vous êtes un chasseur de fantômes ?

– Oui, soupire-t-il, mais je n'en ai jamais vu. En

plus du diagnostic thermique, amiante et plomb, les nouvelles normes européennes obligent le propriétaire à joindre à l'acte de vente un bilan bioélectromagnétique. Je l'effectue, je le facture, et les gens se débrouillent.

J'avale ma salive. Le silence sépulcral de la salle de banquet, à peine souligné par le son des appareils sous tension, est brièvement troublé au passage d'un vaporetto. Je glisse :

– Mais vous y croyez, aux maisons hantées ?

– Ce n'est pas une question de croyance, c'est une affaire de mesures, répond-il en désignant ses instruments. Je suis agréé par Bruxelles. Cela dit, heureusement que je ne suis pas payé à la pièce. Les pollutions des micro-ondes n'affectent pas que les vivants, vous savez. Depuis l'invention des portables, on ne trouve plus un fantôme en Ecosse. Tout fout le camp.

Son ton neurasthénique s'est aggravé au fil des phrases. Il se relève, m'entraîne dans les couloirs.

– Des centaines de fois, j'ai essayé de capter ma femme. Au début, j'ai cru qu'elle me battait froid. Tant de gens reçoivent des messages de leurs défunts sur leur répondeur, des images reconnaissables dans les parasites de leur télé... Pourquoi pas moi ? Ensuite, je me suis dit que c'était mon rôle sur terre : analyser professionnellement chez les autres les preuves de survie dont moi-même, à titre personnel, je suis privé. Mais là non plus, je ne trouve rien.

J'évite de lui dire que c'est la preuve que tout s'arrête avec la mort. Quand j'ai vidé l'urne de mon père au milieu du bassin d'Arcachon, sa dernière volonté, le vent m'a renvoyé les cendres dans la gueule. Point final.

Au bout d'un kilomètre de marbre et mosaïques dans la lueur anémiée des torchères à vingt watts, on arrive dans une cuisine des années cinquante où une bouteille de whisky à moitié vide jouxte un verre en cristal bleu. Il en sort un deuxième d'un placard en reprenant de sa voix morne :

– Je repars demain. Les propriétaires se retrouvent en indivision, ils sont obligés de vendre, mais ils avaient peur des réactions de la grand-mère.

Il m'emmène avec la bouteille et les verres dans un boudoir damassé, la première pièce du palais où l'on sent les traces d'une présence féminine. Planté devant le portrait d'une longue amazone à capeline posant au volant d'un cabriolet d'avant-guerre, il me raconte que d'après le gardien la vieille princesse Nunciati, l'an dernier, a fait jurer sur son lit de mort à ses six héritiers qu'ils ne vendraient jamais son palais. Apparemment, aujourd'hui, vu l'absence de perturbations électromagnétiques, elle s'en fout.

Un bruit de dilatation résonne dans une conduite. Il étouffe un bâillement, me demande où je loge. J'ai oublié le nom de l'hôtel. Il me dit que si je suis fatigué, je peux dormir ici : il y a vingt-trois chambres. Je ne proteste même pas pour la forme. L'absence de fantômes dans ce palais funèbre est bien moins oppressante que celle de Candice dans ma suite nuptiale.

Il me tend un verre de whisky. Je dis non merci, à cause des mélanges, et puis je trinque et on boit à la santé posthume de la princesse Nunciati.

– J'irai avec vous, demain matin, déclare-t-il en rebouchant la bouteille.

– Où ça ?

– Examiner votre Magritte.

Il n'y a pas d'ironie dans sa voix. Juste l'espoir incrédule d'un chasseur de fantômes qui aimerait bien, un jour, ne pas rentrer bredouille. Percevoir un peu de magie au-delà de la technique.

Il m'installe dans une chambre exiguë avec des lits jumeaux, deux mini-baldaquins verts et un crucifix géant sur le mur d'en face.

– C'est la plus petite ; ça sera la moins froide,

prédit-il en tournant à fond la vanne d'un radiateur en fonte.

Il ajoute qu'il a été ravi de cette soirée, dans un bref élan d'euphorie qui sonne juste. Je serre sa main, et on se détourne avec des « bonne nuit » neutres.

A trois heures du matin, quand je me relève pour aller aux toilettes, je l'aperçois au loin en train d'errer dans les pièces en enfilade, un détecteur à la main et un casque aux oreilles. La conscience professionnelle, l'insomnie ou la quête irraisonnée d'une âme sœur. Il fixe l'aiguille de son manomètre avec l'insistance implorante qui est la mienne quand j'attends sur mon portable une réponse de Candice.

Avant de me coucher, tout à l'heure, je lui ai envoyé un texto : « *L'Empire des lumières* s'est éteint. » Elle a dû croire à une phrase symbolique, elle m'a répondu : « On n'y peut rien. » Le doigt crispé d'une touche à l'autre, j'ai demandé : « Tu crois qu'on repartira un jour, tous les deux ? » La phrase de retour est parvenue moins de dix secondes plus tard : « Pour aller où ? » Et ce n'est pas une question, je le sens bien, c'est un constat. Le constat de notre impasse.

Une fin de non-recevoir, sous forme de résignation lucide.

J'ai coupé mon portable pour ne pas empoisonner davantage le restant de ma nuit.

Elle n'est pas venue dans mes rêves.

– Petit-déjeuner ! clame Philippe Necker en entrant avec un plateau qui vacille.

Je me redresse péniblement sur mon lit jumeau, tandis que des volées de cloches résonnent dans toute la ville. Le réveil indique dix heures. Il dépose le plateau sur les draps, ouvre les persiennes. Le soleil inonde la chambre. Il me demande si j'ai bien dormi. Il est vêtu comme la veille, il me la joue bonne humeur et grasse matinée, mais les cernes dans son teint blafard trahissent la nuit blanche.

– La météo s'est trompée ! se réjouit-il. Regardez ce ciel bleu !

J'avale une gorgée de café pour diluer la migraine, lui demande s'il a des nouvelles de la princesse. Il se rembrunit.

– Toujours rien : je plafonne à 6,3 volts/mètres et 217 hertz. Idem pour l'ampérage des champs magnétiques : je suis dans la norme, et la seule variation significative en quinze heures est celle causée par votre portable. Le café vous convient ?

Je transforme ma grimace en sourire, hoche la tête. Il me donne une serviette-éponge à blason, désigne le réveil et me glisse, avant de s'éclipser, que les musées viennent d'ouvrir.

Quand je le retrouve, après une douche anémique à l'eau jaunâtre, il est en train de ranger ses appareils de mesure dans des valises en métal.

– On sort par la rue, me dit-il en interrompant ses bagages. Ça ira plus vite.

Un escalier de service nous mène à une porte ouvrant sur une venelle étroite où goutte du linge entre les flaques d'urine. On presse le pas, on débouche devant le pont de l'Accademia qu'on traverse dans un soleil radieux.

– Dépêchons-nous, fait-il en accélérant la foulée de ses jambes maigres, il va y avoir la queue : c'est samedi.

En fait, il n'y a personne. Les rues, les ponts, les canaux sont aussi déserts que le tableau de Magritte. On dirait que l'espèce humaine a disparu de la Terre, à part nous. Je pense au reportage que j'ai vu dimanche dernier, à ces nouvelles bombes à développement durable qui respectent la nature et le patrimoine en ne détruisant que les gens. Dans les ruelles qui mènent au musée Guggenheim, Venise n'est plus qu'une ville fantôme où le silence s'étale entre le clapotis de l'eau et celui du linge aux fenêtres.

Une clameur soudaine nous parvient, au coin de Campo San Vio. Larsens dans les haut-parleurs, tonnerre d'applaudissements, hurlements hystériques. Apparemment, toute la population est massée place Saint-Marc, où George Clooney dévoile sur un podium les secrets du nouveau Nespresso.

– *What else ?* grésille la voix veloutée qu'une ovation recouvre.

– C'est monstrueux, murmure Philippe Necker, comme s'il prenait pour une offense personnelle la cote d'amour du sex-symbol.

Devant le guichet de la billetterie, il n'y a que deux vieilles Anglaises en ciré jaune, qui admirent les toiles de la collection Guggenheim reproduites sur des tasses et des bols. J'achète les tickets et une carte postale de *L'Empire des lumières*, refuse l'audioguide que l'employé veut nous louer.

En entrant dans la grande salle blanche, je vois tout de suite que les deux fenêtres du tableau sont à nouveau éclairées. Philippe Necker tourne vers moi un regard déçu. Il change de lunettes, s'approche pour examiner la toile. Son diagnostic tombe comme un couperet au bout de dix secondes :

– Il n'y a aucun système électrique. Vos lumières, c'est de la couleur, c'est tout. Pour les éteindre, il faudrait peindre par-dessus.

– Vous voulez me dire quoi, là ? Que j'ai fait une hallucination à jeun, en plein jour, pendant plus d'une minute ?

Vérifiant que les gardiens ne le voient pas, il effleure du bout de l'ongle le châssis des fenêtres, m'invite à confirmer son expertise. Je secoue la tête, dans une montée d'impatience. Je me sens terriblement en colère contre lui, je ne sais pas pourquoi. En fait, je lui en veux d'être venu partager avec moi une émotion qui s'effrite à son contact.

– N'empêche, ajoute-t-il d'un air tendu, il y a de la vie dans ce tableau.

Cette phrase banale dite sur un ton de reproche résonne en moi avec une force inexplicable, décuplant ma migraine, ma gueule de bois, ma révolte. Comme si je sentais dans cette toile un appel auquel je n'ose pas répondre, et ça m'énerve, et je suis sans prise devant ces deux fenêtres qui me narguent, devant la réalité de ce matin qui dément mon souvenir de la veille.

– Ça ne va pas ? demande Philippe Necker. Vous voulez vous asseoir ?

Son téléphone hennit dans sa poche, puis se met à galoper tandis qu'il le sort. Il se détourne pour répondre. C'est quelqu'un d'important, apparemment, à qui il parle italien avec des *« no, signor marchese »* à chaque début de phrase, qui lui font balancer la tête à la manière du cheval qui sert de sonnerie à son portable. J'essaie de me concentrer sur sa conversation, mais le dérivatif ne marche pas.

Mon regard revient vers le tableau. Des pas s'approchent dans mon dos, s'éloignent. Je glisse un œil par-dessus mon épaule. Les deux Anglaises qui avaient mis le cap sur le Magritte sont comme repoussées par un champ de forces : elles passent sans s'arrêter, le nez sur leur catalogue, l'oreille vissée à l'audioguide.

Personne en vue. Philippe Necker me tourne le dos. Le cœur battant, je monte l'index vers le premier étage, et je gratte la peinture orange de la fenêtre de gauche. Puis je descends le doigt sur un volet gris-vert du rez-de-chaussée, à droite du réverbère, pour comparer la densité de la pâte.

Un poids se resserre dans ma poitrine. Une sorte de trac intense, comme je n'en ai pas connu depuis mes douze ans. Cette impression d'être aspiré au fond de moi-même, quand le réalisateur criait « Action ! »

et que je devais jouer d'autres vies que la mienne, faire semblant d'être triste ou gai ou furieux pour que ma mère soit fière de moi, là-bas sur son cube, assise derrière la caméra, récitant à voix basse mon texte en même temps que moi, grimaçant quand je parlais faux, crispant les lèvres quand je me trompais. La sanction dans son regard, la baffe ou le grattouillis bienveillant qui m'attendaient à la fin de ma scène… J'étais tout pour elle, je le savais, je vengeais l'échec de sa propre carrière tout en justifiant sa présence sur les plateaux. Jusqu'au jour où, en plein tournage d'un feuilleton dans lequel j'incarnais un Petit Chanteur à la Croix de Bois menacé par un pédophile en série, je me suis mis à muer. La honte, le dédit, quinze jours de rushes jetés à la poubelle, mon remplacement, ma disgrâce. Heureusement, mon demi-frère venait de réussir le casting d'une couche-culotte. Du jour au lendemain, je n'ai plus compté pour ma mère, et je n'ai recommencé à exister vraiment dans les yeux d'une femme que neuf ans plus tard, le dimanche où Candice a voulu de moi.

– Bonjour. Vous avez mis le temps.

Sidéré, je regarde la jeune silhouette aux cheveux noirs qui vient d'ouvrir le volet que je grattais du bout de l'ongle. Je me retourne vivement pour prendre à témoin Philippe Necker, mais il a disparu. Autour de moi, la nuit de la rue a effacé le musée. Je sens l'asphalte sous mes pieds, une odeur de feuillage humide, des bouffées de potage qui s'échappent de la maison. La jeune femme sourit d'un air rassurant, son tailleur pied-de-poule moulant son corps jusqu'à mi-cuisse dans l'encadrement de la fenêtre orange.

– Vous pouvez entrer.

Je regarde mes mains, mes jambes, l'arbre derrière moi et le personnage qui a ouvert la fenêtre. Je suis à l'échelle. Tout s'est agrandi dans le tableau – ou bien c'est moi qui ai rapetissé.

D'accord. Je n'hallucine pas : je rêve. J'ai l'habitude, même si je l'ai perdue depuis longtemps. Pendant toute ma carrière d'acteur, jusqu'à la puberté, j'ai été ce qu'on appelle un rêveur lucide. Je savais que je dormais, et j'avais le contrôle absolu sur les créations de mon sommeil : il me suffisait de froncer très fort le visage pour changer de rêve, interrompre le cauchemar dès qu'un diable pointait le bout de sa corne.

Mais là, je ne vois pas pourquoi je zapperais. La beauté de cette jeune femme est trop parfaite, trop symétrique pour être émouvante : ça me reposera de Candice, dont tous les petits défauts physiques composent une harmonie en porte-à-faux qui me bouleverse à chaque regard.

– Montez, je vous en prie, enjambez le rebord. Je suis désolée de vous faire entrer par la fenêtre, mais René détestait les portes.

Elle me tend la main, je lève une jambe. Rétablissement sur l'appui de la fenêtre, et j'atterris à l'intérieur.

La question est de savoir depuis quand j'ai décroché de la réalité. Suis-je en train de dormir, en ce moment, dans le lit jumeau du palais Nunciati ? Si oui, le plateau du petit-déjeuner apporté par Philippe Necker faisait déjà partie du rêve. Je me disais aussi : un café aussi mauvais, en Italie, ce n'est pas possible. Mais le point de départ remonte peut-être à mon arrivée à l'hôtel, hier après-midi, quand je me suis assoupi en écrivant ma carte postale sur le lit nuptial – auquel cas je m'y trouve encore, et l'extinction des lumières de *L'Empire* comme mes retrouvailles avec Philippe Necker s'inscrivent dans la continuité du rêve.

Mon hôtesse referme le volet sur la nuit noire de la rue sans maisons. Je regarde autour de moi. Je me trouve dans une salle vide éclairée par un simple fil d'où pend une orange.

– Il n'a pas meublé toutes les pièces, m'explique-t-elle. Il s'est concentré sur l'essentiel – enfin, sur ce qui l'avait marqué. Il a reconstitué de mémoire.

Je lui demande si on est chez elle. Avec un petit sourire triste, elle murmure :

– On peut dire ça, oui. Mais je suis très envahie. Bienvenue quand même. Vous vous rappelez votre nom ?

J'ai un trou. C'est bien la preuve que je rêve.

– Jérémie Rex, me souffle-t-elle. Je ne dirai pas qu'on vous reconnaît, mais vous faisiez déjà vieux, à six ans. Quel âge me donnez-vous ?

Je la dévisage, à la lueur de l'orange.

– Vingt-cinq, trente.

– Votre générosité vous honore, soupire-t-elle. Mais je me suis donné beaucoup de mal pour être présentable. Je vous inspire du désir ?

L'avantage des rêves, c'est qu'on peut dire ce qu'on pense.

– Non. Ce n'est pas contre vous, madame, mais je suis fidèle.

– Ce n'est pas grave ; le sexe n'a jamais été ma tasse de thé. Tout le reste, oui. Vous pouvez sans crainte vous laisser aller à mon charme. Je m'appelle Martha.

Je me détends. Je hoche la tête. Autant sa silhouette de mannequin est précise, autant son visage a du mal à se stabiliser. Il change d'époque et d'humeur à chaque phrase, de l'insouciance juvénile aux crispations de la jeunesse artificielle. Seule sa coiffure en vagues et rouleaux est figée dans l'espace. En tout cas, je ne la connais pas ; je ne crois pas l'avoir fabriquée à partir d'un souvenir, d'un film ou d'une photo de pub. Ce n'est pas un rêve érotique ; c'est un songe à clés, sans doute, un machin initiatique plein de symboles inutiles que j'aurai oubliés au réveil. Aucune importance. Je me sens délicieusement bien dans ce tableau, à présent. Apaisé, léger, dispos. Laissons faire.

Elle me précède le long d'un couloir meublé de bric et de broc, dans un style totalement dépareillé qui reflète peut-être la distraction de René Magritte.

– C'est vrai, confirme-t-elle, il ne voyait jamais directement les choses ; elles lui revenaient après coup, et il comblait les vides, sans jamais distinguer ses souvenirs de son imagination. C'est tout son style.

– Vous entendez mes pensées ?

– Je lis dans vos yeux.

– Vous étiez son modèle ?

– Pour les nus, de temps en temps. Mais il ne mettait jamais ma tête : sa femme était jalouse.

On passe devant un homme très maigre assis sur une chaise, en blouson de toile, les doigts croisés sur les genoux, le regard vide et fixe, un appareil photo autour du cou. Il a cet air abstrait des gens qu'on a oubliés dans une salle d'attente. Je lui dis bonjour.

– Il ne vous entend pas, dit Martha. C'est une erreur.

– Il est entré comme moi, ou il fait partie du tableau ?

– Venez que je vous montre la chambre.

Ne jamais contrarier personne dans les rêves : c'est le mode d'emploi des nuits heureuses. Je la suis dans un escalier moche au tapis rouge élimé, genre pension de famille. Arrivée sur le palier du premier, elle me désigne la chambre sans lit où un lustre à sept globes orange éclaire deux fenêtres, un chevalet, une cheminée condamnée que surmonte une immense glace murale toute piquetée. Immédiatement, avec la logique irraisonnée des rêves, je reconnais *de l'intérieur* la pièce éclairée sur la façade du tableau. Je lui demande pourquoi elle l'a éteinte, la veille. Pour me faire un clin d'œil ou pour changer une ampoule ?

– Je n'ai rien éteint : c'est votre émotion qui a fait court-circuit, j'imagine.

Elle tourne le visage vers le chevalet. Une toile est posée dessus, à présent. Un tableau dans le tableau. Ça représente une jeune femme de dos, s'extrayant nue de l'apparence de vieille dame qui tombe à ses pieds comme une robe. Sous les plis de la dépouille, trois mots calligraphiés par une écriture d'écolier d'avant-guerre : *La Femme intérieure.*

Martha murmure, dans un mélange d'ironie froide et de nostalgie :

– Douce nuit.

Et elle sort en refermant le battant. Derrière l'autre porte à gauche du chevalet, j'entends des bruits d'eau, le tintement d'un gobelet, un petit choc métallique. Une odeur de croissants chauds emplit soudain mes narines. Alors le décor de la pièce se modifie, comme pour aller avec l'odeur que j'ai aussitôt associée à un souvenir précis. Les murs deviennent lilas, des pins s'agitent à la fenêtre sous des bourrasques de pluie, le lit à couette rose et beige se reflète dans le miroir de la coiffeuse en marqueterie, entre le violoncelle calé par un yucca et la reproduction de *L'Empire des lumières*, avec son rameau séché derrière le cadre. Tout est là, tout ce que j'ai gardé en mémoire : le singe en peluche borgne assis dans le lustre, les romans de Frédéric Dard que je lui ai prêtés sur la table de chevet, les CD de Barbara dans leur emballage-cadeau... Les senteurs de verveine et de camphre s'installent à leur tour. Puis la porte de la salle de bains s'ouvre, et Candice apparaît entre ses deux béquilles, jambe plâtrée sous sa nuisette grise. A peine surprise de me voir là, dans sa chambre d'il y a quatre ans. La bretelle de soie glisse sur l'épaule gauche. Je m'entends dire :

– J'apporte les croissants.

Elle répond comme dans mon souvenir :

– On dirait qu'ils sortent du four.

– Je confirme : j'ai grillé trois stops.

– Malheureusement toute la famille est à la messe, dit-elle d'une voix un peu plus rauque.

– C'est pour ça que je me suis dépêché.

Un temps d'hésitation dans nos regards. Le moment de vérité, le saut dans le vide ou le choix de rester sur un terrain familier. Trop bien se connaître crée une distance, une limite qu'on n'ose pas franchir. L'angoisse de ne plus pouvoir revenir en arrière, la peur de se perdre si on se déçoit… J'adore cet instant charnière. Je le prolongerais indéfiniment.

– Jérémie… Ne me dis pas que c'est mon plâtre qui t'excite.

– Non, non. Les béquilles uniquement.

– Tu es fou, on n'aura jamais le temps… Moins le quart : ils en sont déjà à l'Evangile !

– Remarque, il y a la bénédiction des rameaux…

Les répliques d'antan s'enchaînent sur nos lèvres, conformes au souvenir, mais quelque chose de plus vibre entre nous. Un recul, une conscience de notre futur qui bizarrement ne fait que renforcer l'émotion du suspense. On est tellement plus attentifs, à la deuxième prise. On corrige un détail, une intonation, on s'accorde aux variations de l'autre, on prend des libertés tout en respectant le texte… Candice est totalement en situation, totalement accordée à mon décalage, mes allers-retours du passé au présent. Peut-être que, dans sa nuit d'Arcachon, elle rêve de son côté au même rythme que moi à Venise, et qu'on se rejoint dans cet autre espace-temps pour un « si c'était à refaire » qui refait tout à l'identique.

Le vêtement de soie glisse sur le sol et je la prends dans mes bras, la serre de toute la force d'amour dissimulée depuis des années sous la camaraderie. Je la bascule sur son lit, et on revit notre première fois en retrouvant nos élans, nos craintes, nos surprises, nos bonheurs de jouir les yeux dans les yeux, si facilement, l'un par l'autre, l'un sans l'autre, l'un pour l'autre et puis ensemble. Ce n'est pas une reconstitution, c'est une redécouverte. Je revis avec la même densité les moments gravés dans mon cœur et ceux que j'ai oubliés, je vibre en même temps au présent de nos corps, en avant de notre histoire et dans mes souvenirs ; le différé se mêle au direct pour composer l'instant parfait, l'accord absolu, sans que la conscience de notre avenir ne vienne gâter l'excitation de la relation qui naît. C'est extraordinaire et c'est pourtant complètement naturel.

Ses cheveux sont moins longs, à présent. On est chez moi, deux ans plus tard, quand elle les a fait couper après s'être brûlé les mèches avec mes bougies. Je la prends par-derrière dans mon cadeau d'anniversaire, la glace en pied qu'elle m'a achetée chez But. Je ne me lasse pas de son corps imparfait qui reflète une grâce inouïe dans les postures les plus chaudes. C'est une femme de miroir comme je suis un homme de l'ombre : on ne prend notre vraie mesure que lorsqu'on s'offre à l'autre. C'est la plus belle amante du monde quand elle s'oublie dans mon regard, et je ne suis un bon musicien que lorsque je double, seul au pied de l'écran, un comédien qui fait semblant de jouer du violoncelle dans la séquence qui passe en boucle devant mes yeux.

– Reste avec moi, Jérémie !

Le décor de mon appartement a disparu, comme si l'association d'idées m'avait transporté à la post-synchro d'Epinay, où j'ai travaillé trois jours l'an dernier. Mais la salle de doublage s'estompe aussitôt qu'elle a pris forme, et le violoncelle se dilue entre mes doigts. Je suis de retour dans la pièce imprécise que m'a ouverte la jeune femme en tailleur pied-de-poule dans la maison de Magritte. Candice n'est plus là, remplacée par le chevalet où est posée *La Femme intérieure.* Des bruits d'eau et des tintements résonnent derrière la porte de la salle de bains. Je refais mon entrée, docile ; je réassemble les odeurs et les meubles pour remettre en ordre la chambre de jeune fille, m'apprête à accueillir Candice avec la surprise émerveillée de tout à l'heure…

Un choc retentit à l'extérieur. Des voix inquiètes, des appels en italien. Je me tourne vers les fenêtres gorgées de lumière. Ce n'est pas un vrai soleil ; c'est leur couleur orange qui nous éclaire comme sous l'effet d'un projecteur. C'est drôle comme ce rêve d'amour me renvoie en même temps, sans perturber l'harmonie, aux moments les plus traumatisants de mon enfance : la chaleur des sunlights où il fallait refaire cent fois les mêmes gestes et les mêmes répliques, entre deux coups d'éponge et trois raccords maquillage. Les seules fois de ma vie où l'on m'ait dit : « Tu brilles », et ce n'était pas un compliment.

Je me dirige vers les vitres opaques, derrière lesquelles j'entends crier mon nom. La lueur orange se met à clignoter.

– Reste avec moi ! répète la voix de Candice, loin derrière.

J'essaie de manœuvrer l'espagnolette qui résiste. La fenêtre est fausse, les battants fixes. C'est un décor, un simple décor, réaliste et trompeur. J'écrase mon visage contre le carreau de peinture, pour tenter de voir au-dehors. Et soudain j'aperçois un corps allongé sur le sol dans une lumière crue, à demi caché par les silhouettes qui le malmènent.

– Non, Jérémie, ne repars pas !

Une aspiration brutale, comme si je basculais dans le vide. L'instant d'après, je suis à l'extérieur de la maison. Incrédule, je regarde au loin les fenêtres de la façade. Tout mon corps brûle et se tord d'une douleur que je ressens plus forte à chaque secousse.

– Ça y est, il revient ! hurle une voix.

L'impression d'enfiler une combinaison de plongée humide, trop petite pour moi.

– *Presto ! Ancora una volta !*

– C'est bon ! Coupez !

Des doigts me palpent, me secouent, me pincent. Le mot « Coupez ! » me fait chercher des yeux une caméra. Il n'y en a pas. Des silhouettes en blouse blanche éteignent un générateur à roulettes, enroulent des câbles rouges reliés à des fers plats. Un défibrillateur !

– Tout va bien, Jérémie, je suis là. C'est moi, Philippe Necker. Vous m'entendez ? Tout va bien, vous avez eu un petit malaise, mais c'est fini.

Un petit malaise ? J'ai fait un infarctus, oui ! Pendant trois saisons j'ai joué le fils de l'infirmière dans *Docteur Sylvestre* : inutile de me raconter des salades.

Je me relève sur un coude, les médecins me recouchent dans la civière qui décolle. Le plafond du musée défile à toute allure, je renverse la tête en arrière pour ne pas quitter des yeux la maison des lumières… Trop tard. Je suis déjà dehors, ballotté par les brancardiers qui descendent les marches de la terrasse, passent à gauche de la statue équestre. Un canot blanc à croix rouge attend au bord de l'embarcadère. De toutes mes forces, je contracte le visage pour zapper, interrompre le cauchemar, mais ça ne marche pas. Candice… Au secours ! Ne me laisse pas ! Je n'en ai rien à foutre de cette vie… Ramène-moi de l'autre côté, je t'en supplie ! Fais-moi revenir dans le tableau…

Je n'ai quasiment pas de souvenirs de mon transfert à l'hôpital en bateau-ambulance. J'étais conscient, mais je refusais toute surimpression, toute interférence... Et je continue.

J'ai fait baisser le store de la fenêtre pour supprimer la lagune. Le mur coquille d'œuf me renvoie ce que je lui demande. La réalité qui compte c'est la mienne, là-bas, dans le tableau. Pas ce retour au présent dans un monde où Candice ne m'aime plus. Un monde qui fait tout pour me récupérer, mais je résiste.

– Comment vous sentez-vous, Jérémie ?

Je garde les yeux rivés sur le mur où je fais l'amour dans la chambre lilas. Bourrasques à la fenêtre agitant les pins, croissants chauds, verveine...

– C'est moi ! Vous m'entendez ?

Eau de Javel, goutte-à-goutte, bip-bip d'électrocardiogramme… Venise. Ma tête finit par quitter le mur pour se tourner vers Philippe Necker.

– Tout va bien, nous sommes entre nous, la majorité des médecins n'y croient pas, on s'en fout : moi je sais ce qui vous est arrivé. Vous me reconnaissez ?

La tentation est grande de répondre non. Mais ça risquerait de le rendre encore plus volubile. J'acquiesce en abaissant les paupières. Il grimace un sourire tremblotant, demande trois tons en dessous, avec une espèce de gourmandise :

– Vous avez vu le tunnel, n'est-ce pas ? La lumière blanche aveuglante, et pourtant on peut la regarder en face… Hein ? Dites-le-moi !

Je ne sais pas de quoi il parle, mais il y a tant d'excitation dans sa voix que je réponds oui pour avoir la paix. Du coup, son air de vieil oisillon tombé du nid reprend de l'envergure. Il me redresse dans mon lit, bousculant électrodes et canules.

– Vous vous souvenez de tout, Jérémie, n'est-ce pas ? Formulez-le tout de suite, pendant que c'est chaud, sinon vous risquez d'oublier !

Il se retourne vers le couloir pour voir si on est seuls, ferme la porte, et revient me demander avec une véhémence d'initié par qui j'ai été accueilli, de l'autre côté. Je bredouille « Candice », pour le simple bonheur de prononcer son nom. Il blêmit.

– Candice ? Mais ce n'est pas possible : elle est vivante ! Je viens de lui parler.

Les infos se télescopent au ralenti dans mes pensées. J'ignore quelle saloperie ils m'ont injectée, mais j'ai de la bouillie dans le cerveau et je n'arrive plus à me concentrer. Je choisis au hasard une des questions qui se présentent.

– Lui parler… où ça ?

– Elle est cardiologue, vous m'avez dit : j'ai trouvé son numéro dans votre portable, alors je l'ai prévenue de votre malaise. Elle se fait transmettre votre dossier médical par Internet, pas de souci. Très gentille, en tout cas : elle m'a beaucoup remercié. On la rappellera dès que vous vous sentirez d'attaque.

Une panique s'empare de moi, sans objet ni cause. Je sens qu'il ne faut pas, c'est tout, mais je ne sais pas de quoi il s'agit ni où est le problème.

– Philippe, c'est bien un infarctus que j'ai fait ?

– Ah ! se réjouit-t-il, vous vous rappelez mon nom. Génial ! Ecoutez, je ne peux que vous répéter ce qu'a dit le médecin : vous n'avez apparemment aucune séquelle. C'est vraiment extraordinaire.

– Aucune séquelle de quoi ?

Il referme la bouche, la tord dans une moue indécise, comme s'il ne savait par quel bout attraper ce qu'il veut me dire. Il avale sa salive, regarde le tracé de mon cœur sur l'écran, puis laisse tomber :

– D'après eux – mais j'étais là, je confirme – ils vous ont perdu pendant quatre minutes trente.

Je sursaute.

– Quatre minutes trente ?

Il fronce les sourcils en me fixant.

– C'est drôle : normalement les gens réagissent sur « ils vous ont perdu ».

– Qui ça, « ils » ?

– Eh bien... les secours. Cliniquement, vous êtes mort pendant quatre minutes trente. Mais ils ont réussi à vous ramener, s'empresse-t-il : c'est un miracle. Il faut dire qu'ils sont arrivés tout de suite, l'hôpital est vraiment à deux encablures...

Son visage se trouble, se dilue, se délite sous mes larmes.

– Pardon, Jérémie, je n'aurais pas dû être si brutal. Quand je dis « mort », c'est une figure de style, c'est tout, une simple évaluation sur une échelle...

Je hausse les épaules. Ce n'est pas l'idée de la mort qui me fait pleurer, c'est le mot « miracle ». Je n'en veux pas, de leur miracle. Pourquoi m'ont-ils sorti du Magritte ? De quel droit ? J'étais si bien dans ce rêve lucide, c'était si bon de revenir en arrière, de revivre en boucle la seule chose que j'aie jamais réussie dans ma vie : jouir du plaisir que je donnais à la femme que j'aime. Qu'est-ce qui m'attend, de ce côté-ci du tableau ? Une Candice qui s'est déshabituée de moi et ne s'en porte que mieux, un découvert, une fin de mois, une fin de droits, une fin de bail, et ma mère qui débarque chaque fois qu'elle se fait plaquer. Non merci. Dès qu'on me retire ces électrodes et ces perfusions, je me jette dans la lagune et je retourne chez Magritte.

Si en quatre minutes de mort j'ai revécu trois ans d'amour sous forme de bande-annonce, à quoi bon me réinsérer dans cette vie pour tuer le temps en attendant de crever? La pesanteur, la nostalgie, l'angoisse des lendemains qui ne ressemblent à rien et finissent par dénaturer le passé, j'ai donné.

– Revenons au tunnel, s'obstine Philippe Necker en sortant un carnet de notes. Décrivez-moi les couleurs, les sensations, votre état…

– Quel tunnel ?

– Le tunnel. Le tunnel de lumière blanche. Cinquante-cinq pour cent des gens qui reviennent d'une NDE sont entrés dans le tunnel.

– C'est quoi, une NDE ?

Il me regarde avec une incompréhension qui frise l'agressivité.

– C'est ce que vous avez fait, voyons ! Une *Near*

Death Experience. Une expérience aux frontières de la mort. Vous êtes sorti de votre corps, vous êtes monté au plafond, vous avez traversé le toit, vous êtes entré dans un tunnel en revoyant votre vie, et vous avez rencontré un défunt de votre famille qui vous a dit que ce n'était pas votre heure, alors vous êtes revenu. Non ?

Ma perplexité aggrave son inquiétude. Visiblement, je ne rentre pas dans le schéma classique.

– Mais vous êtes allé *où*, alors ? Quand même pas dans le tableau ?

Je laisse mon silence répondre pour moi. Il reste bouche bée, le stylo en suspens. Un vieux médecin ouvre la porte au pas de charge, suivi de trois autres blouses à la mine subalterne, et l'obsédé du tunnel range son carnet avec un air meurtri.

– *Allora, come sta ?* me lance le patron du scrvice, avec un coup de menton mussolinien.

– Alors, comment il va ? traduit un jeune interne avec le même mouvement du menton, insolite dans son allure servile.

Philippe Necker répond à ma place. Il entreprend de décrire mon état dans son plus bel italien, mais le mandarin est déjà reparti en emportant mon dossier. Les autres me débranchent et sortent mon lit de la chambre.

On m'a fait passer une coronarographie, un scanner, puis on m'a mis en observation dans un couloir du service maternité. Il n'y avait plus de place en cardiologie, à cause de George Clooney et de ses groupies tombées dans les pommes. « Observation » était le mot : j'étais rangé contre le mur en face de la machine à café, et les futurs pères me regardaient en buvant leur Nespresso. C'est dans cette intimité relative que Philippe Necker m'a tendu mon portable en annonçant d'une voix de comploteur :

– Je vous passe Candice.

J'ai dit allô d'un ton rassurant. Elle avait sa voix de consultation : pressante, concentrée, précise. Sa troisième réaction, après la prise de nouvelles et le questionnaire sur les symptômes, a été un soupir de résignation :

– Si j'étais dermato, tu aurais fait un zona.

Je n'avais pas songé au côté psychosomatique de mon malaise, mais je n'ai pas démenti. D'ailleurs elle enchaînait déjà dans le même registre :

– Et naturellement, c'est ma faute. Si j'étais venue avec toi, j'aurais diagnostiqué la sténose et j'aurais pu éviter l'infarctus, c'est ça ?

– C'est quoi, une sténose ?

– Un rétrécissement. Je culpabilise, voilà, je suis furieuse contre moi, ça te rassure ? Tu es chiant, Jérémie. Vraiment. Je t'embrasse.

– Y a pas de quoi.

Elle a rappelé un quart d'heure plus tard. Son ton n'était plus le même.

– Je viens de télécharger les clichés. Changement de diagnostic : tes coronaires sont nickel. La sténose se situe dans l'artère carotide.

J'ai demandé si c'était une bonne ou une mauvaise nouvelle. Elle a répondu d'une voix un peu trop claire qu'il suffisait de gratter la plaque d'athérome.

– Je te fais rapatrier illico dans le service de Ronsard à Bordeaux.

– Ronsard ? Mais c'est le cerveau, Ronsard. Quel rapport ?

– Ne t'inquiète pas, c'est une intervention bénigne, qu'on peut faire sous anesthésie locale. Ni danger, ni séquelles. Pardonne-moi, mais je suis en retard, j'ai trois patients qui m'attendent.

J'ai serré les dents. Elle appelait « patients » trois peignoirs en instance de bains bouillonnants aux extraits de moules ; c'étaient eux les urgences, moi on verrait plus tard. Elle a perçu ma crispation, repris avec plus de douceur :

– J'organise ton rapatriement, je viendrai te chercher à l'aéroport ou je t'attendrai au CHU.

J'ai senti qu'elle allait raccrocher, et je lui ai demandé très vite si le genre de « rétrécissement » dont elle parlait pouvait causer des hallucinations.

– Oui, éventuellement. La carotide irrigue le cerveau : quand elle s'obstrue, tout est possible. Pourquoi, tu as eu des visions ? Quel genre ?

– Toi.

Rassurée, elle m'a dit qu'il ne fallait pas confondre hallucinations et fantasmes. J'ai répondu, le plus neutre possible, que si mon problème touchait le cerveau, il n'était pas de son ressort et n'avait donc rien de psychosomatique.

– Je t'aime, Jérémie, d'accord ?

– D'accord.

– Alors prends soin de toi.

J'ai raccroché. Ce n'était pas l'amour qui primait dans sa voix, c'était la conscience professionnelle. Pour ne pas dire le sadisme insouciant. En deux phrases, elle venait de ruiner mon espoir d'évasion magique dans un tableau. J'avais cru qu'une nouvelle dimension d'existence, un nouvel espace-temps s'ouvraient à moi, et c'était simplement un bouchon dans le crâne.

Parmi la demi-douzaine de regards braqués sur

moi autour de la machine à café, j'ai croisé celui de Philippe Necker. Il avait l'air soucieux. Je lui ai dit de ne pas s'en faire : je serais en de bonnes mains. Ronsard est le meilleur chirurgien de Bordeaux, et il joue au golf avec le père de Candice. Il a secoué la tête, les joues creusées.

– Ce n'est pas ça. Je ne veux pas vous inquiéter, mais quand vous parlez d'hallucinations… J'ai discuté avec les infirmières, pendant vos examens. Vous n'êtes pas le premier.

– Le premier quoi ?

Il a sorti de sa poche un magazine italien, l'a ouvert à une page cornée. Dix jours plus tôt, un Auvergnat vendeur de matériel agricole, en voyage organisé à Venise, avait eu le même genre de malaise au musée Guggenheim. Mais lui, il était resté dans le coma. Une personne de son groupe avait rapporté ses derniers mots : « *L'Empire des lumières* s'est éteint. »

Je regarde la photo du magazine. C'est l'homme en blouson de toile qui était assis, ce matin, dans le couloir du tableau.

Pendant le vol du retour, j'ai eu tout le temps de méditer sur le vendeur de matériel agricole. Cet homme tout maigre assis comme dans une salle d'attente, avec son appareil photo autour du cou. Cet homme dont Martha m'avait dit : « Il ne vous entend pas ; c'est une erreur. » Comment fallait-il comprendre le mot *erreur* ? Il s'était trompé de tableau, ou le tableau s'était trompé de personne ? Après l'avoir aspiré comme moi par ses fenêtres, *L'Empire des lumières* le gardait en dépôt sans rien en faire, comme un clandestin dans un centre de rétention.

Ou alors, c'est parce qu'il manquait de vie intérieure. Le tableau se nourrissait des énergies vitales, absorbait les fantasmes et les meilleurs souvenirs des esprits flottant entre deux mondes, momentanément sous le régime de la séparation de corps, et les renvoyait après usage dans leur enveloppe terrestre. C'était la théorie de Philippe Necker. Son seul commentaire, lorsque je lui avais fait le récit détaillé de mon séjour dans le Magritte. Pour lui, j'avais projeté Candice dans ce sas de peinture qui s'était ouvert entre l'au-delà et moi. Mon obsession charnelle m'avait caché le tunnel. Au lieu de vivre la merveilleuse aventure spirituelle que décrivaient cinquante-cinq pour cent des rescapés de la mort clinique, j'avais tiré un coup et j'étais revenu sur terre. Sans le moindre début d'évolution.

Pas besoin d'être un fin psychologue pour sentir combien je l'avais déçu. Là où les autres survivants se replongeaient corps et âme dans la réalité ambiante, offrant à leurs contemporains l'amour universel et l'énergie divine insufflés par le tunnel de lumière, je ne songeais qu'à retourner me vider les couilles à l'intérieur d'une huile sur toile.

Sans tenter de me défendre, je l'avais écouté d'une oreille vague m'accabler de reproches mérités. Et encore, il ne savait pas que j'avais envisagé le suicide, à mon réveil, comme un bon moyen d'aller retrouver la vraie Candice dans le monde imaginaire de Magritte.

– Franchement, Jérémie, je suis désolé de vous le dire, mais vous ne méritez pas ce qui vous est arrivé !

Une sortie de corps, merde, ça doit modifier totalement votre rapport avec vous-même, transcender vos petits soucis et vos besoins primaires ! Recadrez-vous, enfin !

Pour détacher de mon cas ce parasite bénévole, qui me plombait l'horizon en ressassant la médiocrité de mon expérience, j'étais redevenu rationnel. J'avais rétorqué, démonté son raisonnement, déboulonné ses conclusions. Son vendeur de tracteurs auvergnat, j'avais très bien pu voir sa photo sans m'y arrêter, en feuilletant la presse pendant le vol pour Venise, et je l'avais importé dans le tableau à titre de souvenir inconscient. Voilà tout.

– La cryptomnésie ? avait ricané Philippe Necker sur un ton agressif. Le souvenir non mémorisé qui remonte à la surface quand ça arrange les psys ? Bien sûr. C'est comme l'asphyxie du cerveau, qui provoquerait des hallucinations censées expliquer les NDE. Sauf que si le cerveau n'a plus d'activité électrique, comme l'encéphalogramme le prouve dans les études cliniques, en toute logique il ne peut rien faire du tout, pas même halluciner. Et les aveugles de naissance en font aussi, des NDE, où ils décrivent non seulement le tunnel mais le personnel soignant, et ils vont jusqu'à donner le numéro de série du défibrillateur qu'ils ont vu pendant leur sortie de corps. Lisez les études publiées par des chirurgiens sérieux !

Je n'avais pas insisté. Lui si. D'un ton carrément sarcastique :

– Et votre Martha, elle vient d'où ? C'est un souvenir inconscient, elle aussi ?

– Non. Je ne crois pas.

– Dans le séquençage du Dr Raymond Moody, elle correspond à la phase numéro 7 de la NDE. C'est la guide missionnée par l'au-delà pour faire avec vous le point sur votre vie, pour vous aider à choisir de revenir ou pas.

– Mon ange gardienne ?

– Appelez-la comme vous voudrez. Si elle a joué les mères maquerelles pour vous ramener à vos coucheries d'autrefois, c'est que cette étape était nécessaire à votre évolution, mais ce n'est qu'une étape.

Il s'est arrêté, soucieux. Il a fait quelques pas, du lit à la fenêtre et de la fenêtre au lit.

– Ce qui est curieux, c'est que vous ne la connaissiez pas. Généralement, c'est un proche qui tient ce rôle. Vous devez avoir un point commun, un point d'accroche pour qu'elle se soit portée volontaire. Je vais chercher sur Internet. A plus tard.

Avant de quitter le palais Nunciati, il a exploré sur son Mac tous les sites consacrés à Magritte. Aucun modèle prénommé Martha n'était cité dans les biographies du peintre.

On s'est séparés sur ce constat, à l'aéroport. Il partait pour Edimbourg via Londres, j'étais rapatrié sur Bordeaux. Il m'a promis de prendre de mes nouvelles. Je l'ai remercié pour son aide.

– Profitez de votre sursis sur terre pour réparer votre vie, Jérémie, OK ? C'est pour ça que vous êtes revenu. Pas pour fuir la réalité dans une peinture.

– OK.

J'ai suivi des yeux sa silhouette dégingandée qui ployait sous les valises de matériel. Il courait facturer ses heures à des agences immobilières en Ecosse, enregistrer les absences de fantômes qui assuraient ses fins de mois. Je trouvais son existence encore plus dérisoire que la mienne, mais je n'en tirais aucun réconfort.

Il y a des retrouvailles qui font plus mal qu'une rupture. Candice m'attend au CHU de Bordeaux, et je ne suis plus dans ses yeux qu'un problème médical. J'essaie de lui parler de Venise, de son tableau, mais tout ce qui l'intéresse ce sont mes artères, ma tension, mon moral et le remboursement de sa dette. Je la laisse dire. Elle a apporté les papiers et le chèque. Pour tout mettre en ordre, si jamais... Ses points de suspension me trouent comme une mitraillette.

Bien sûr, elle a raison : on touche quand même au cerveau. Et je comprends son angoisse. C'est moins l'issue fatale qu'elle envisage que la perspective d'avoir affaire à ma mère. En cas de réduction de mes facultés mentales, Viviane Rex obtiendrait fatalement la tutelle, et ne manquerait pas de l'exercer avec l'efficacité redoutable que je lui ai connue quand elle était mon agent, de quatre à douze ans.

Je soussigné Jérémie Rex, demeurant boulevard de l'Océan à Arcachon, certifie par la présente avoir reçu ce jour du Dr Candice Delâtre la somme de trente mille euros (30 000 €), en remboursement du prêt sans intérêt que je lui ai consenti le 15 mars 2007, destiné à acquérir des actions de la SARL Institut de thalassothérapie Mytilia.

Pour solde de tout compte.

On a daté, signé en double exemplaire, et puis on s'est embrassés. Baiser papillon sur les lèvres, pour clore les formalités. On a les mariages qu'on peut.

– De toute façon, j'allais te les rendre à la fin du mois sur les premiers bénéfices, a-t-elle dit pour alléger le contexte.

Elle a glissé le chèque sous enveloppe dans la table de chevet, entre le bassin et la commande de la télé. Puis elle a rangé les deux exemplaires du reçu dans son porte-documents, m'a dit qu'il ne restait plus qu'à les faire tamponner par le centre des impôts, ensuite elle reviendrait me donner mon double.

– Comme ça on sera tranquilles.

J'ai acquiescé du bout des yeux. Je me suis toujours méfié des gens qui préfèrent le bien-être aux passions, la quiétude à l'extase. Et voilà qu'elle est devenue comme eux.

– Merci encore, Jérémie. Tu es la seule personne qui m'ait jamais aidée.

Je l'ai regardée, les doigts noués dans les siens. C'était mon unique consolation, en dehors du constat que ses seins avaient fondu depuis qu'on ne faisait plus l'amour. Je n'avais pas peur de l'opération qui m'attendait, mais le fait de me retrouver à la case départ avec mes trente mille euros d'enfant acteur, tout ce que j'avais gagné d'important dans mon existence, me laissait sur le carreau. Pour solde de tout compte, c'était le mot.

Philippe Necker me conseillait de réparer ma vie, mais que faire de plus ? Candice avait ce qu'elle voulait, elle se passait de moi sans problème, son bonheur était mon seul souci, j'avais achevé mon rôle et je ne tenais plus à moi.

Pierre-Yves Ronsard est arrivé, bronzé comme un retour de Seychelles, avec son charme de grisonnant ténébreux et l'ironie en rides au-dessus des sourcils. Il m'a décrit l'intervention qu'il allait pratiquer sur un ton de chef étoilé qui dévoile une recette : incision à la base du cou, grattage de la carotide au niveau de l'oreille, on referme et après-demain vous êtes chez vous. Je n'ai réagi que lorsqu'il m'a demandé quelle anesthésie je souhaitais. Lui était partisan d'une locale : si je restais conscient, il pourrait mieux suivre les réactions de mon cerveau sur son écran.

– Non. Anesthésie générale.

Je ne sais pas s'il a perçu l'espoir dans ma voix. Il s'est contenté de répondre :

– Comme vous voudrez. A plus tard. Vous êtes en beauté, Candice ; mes amitiés à votre père.

Il nous a laissés seuls dans ses effluves de Guerlain, *Habit Rouge*. L'avantage d'avoir grandi avec une mère célibataire, c'est qu'on reste incollable sur les parfums masculins. La seule fois où j'ai vraiment marqué mon territoire, je crois, c'est sur la tablette du lavabo, à quinze ans, le jour où j'ai repoussé la trousse de toilette de Gilbert ou Matthieu pour installer ma bombe de mousse à raser.

– Tu as prévenu Viviane ? m'a demandé Candice qui sent toujours, en me regardant, quand je pense à ma mère.

– Oui, elle est dans la Sarthe avec mon demi-frère : un spot pour des rillettes. Ils passeront après le tournage.

Mon ton désaffecté lui déclenche un sourire de nostalgie. Elle ne peut pas s'empêcher d'envier mon détachement, elle qui a grandi dans le trop-plein d'attentions d'une famille admirable qui l'a étouffée, culpabilisée, réduite à ses complexes d'infériorité, condamnée, de son point de vue, à toujours décevoir les espoirs mis en elle. J'ai fait ce que j'ai pu, mais mon amour inconditionnel comptera toujours moins pour elle que le jugement des siens. Et je n'ai pas réussi à la convaincre qu'elle méritait cet amour. Le soulagement qu'elle a éprouvé en me remboursant entérine, une fois de plus, mon échec.

Elle a regardé l'heure. Elle m'a dit qu'elle avait un conseil d'administration à Mytilia ; elle ne pouvait pas rester avec moi plus longtemps. J'ai répondu que ce n'était pas grave. Elle a cru que je dissimulais ma déception, mais non. Il n'y avait pas de problème. J'étais certain de la retrouver, dès qu'on m'aurait endormi, telle qu'elle était au début de notre liaison.

– Ne te rends plus malade à cause de moi, Jérémie, je t'en supplie.

C'était un cri du cœur, murmuré dans le baiser au coin de mon oreille. J'ai démenti vigoureusement. Un peu trop sincère pour être crédible, je l'ai bien senti. Elle a répété que tout se passerait au mieux, et elle est sortie avec un soupir. J'étais content qu'elle s'en aille, qu'elle me laisse savourer l'attente : j'avais tellement hâte de retourner dans nos scènes d'amour chez Magritte. Dans un sens, je la trompais avec elle-même. Et j'étais un peu triste qu'elle n'ait aucun soupçon.

Je ne sais combien de temps je suis resté inconscient. A mon réveil, j'ai quitté à regret l'éclairage orange de la chambre, le corps de Candice et les attentions de Martha. Mais à mesure que je reprenais mes esprits, je me suis aperçu que je n'avais aucun souvenir *neuf*. Toutes les sensations, les émotions, les images issues de *L'Empire des lumières* étaient celles de la dernière fois. Je n'étais pas retourné dans le tableau. Ou alors j'avais tout oublié.

L'anesthésiste est passé. Puis le Pr Ronsard. Ils étaient contents, tout s'était parfaitement déroulé. Mon obstruction était bénigne, comme ils disaient, et il n'y aurait aucune suite. Aucune précaution à prendre, aucun changement dans mon quotidien. Simplement le pansement à changer, des gélules à prendre, un contrôle deux fois par an, et tout rentrerait dans l'ordre.

J'étais effondré. Accablé sous mon drap, le crâne dans un étau, la tête vide. Je ne voulais pas rentrer dans l'ordre. Je ne supportais pas l'idée de me réinsérer dans la fausse réalité de ces gens. Je n'étais plus des leurs. Je n'étais plus d'ici.

On m'a laissé seul avec la télé qui diffusait les conneries habituelles, guerre sainte, crise bancaire et conseils de minceur. Pour couronner le tout, ma mère est arrivée plus tôt que prévu, flanquée de mon demi-frère Ezéchiel avec ses lunettes noires pour inciter les gens à le reconnaître. La pluie avait interrompu le tournage des rillettes.

– C'est une catastrophe pour Kiki : ils auront deux jours de dépassement, et il devait faire un essai pour *Plus belle la vie*. Et toi, alors, comment tu te sens ? Tu nous as fait une de ces peurs, mon Mimi !

C'était sa logique à elle : nous donner des prénoms de prophètes pour qu'on les remarque au générique, et les abréger de façon ridicule en privé. Nous rabaisser pour notre bien tout en nous valorisant à l'extérieur avait toujours été sa seule méthode d'éducation, avec la réussite qu'on sait. Un ringard de quinze ans et demi accro aux amphétamines courant les castings de figuration, et un asocial dépressif en préretraite depuis la puberté. Sans parler du petit dernier, Zuzu, né Josué, un casseur de voitures en centre de reconditionnement pour mineurs à Fresnes.

– Tout s'est bien passé, m'a dit ton docteur. Il est très content de toi.

J'ai l'impression de me retrouver à l'époque où l'on visionnait mes rushes, quand la fierté maternelle était indexée sur l'appréciation du réalisateur.

– Mais tu n'as pas été clair au téléphone : j'ai compris que c'est Candice qui allait t'opérer.

Cette façon de prononcer « Khândice » comme pour décoller un chewing-gum. Elle a fouillé mon silence pendant trois secondes avant d'enchaîner :

– Remarque, ça me rassure. Avec le mal qu'elle t'a fait…

La colère m'a crispé les orteils sous le drap.

– De quoi tu parles, maman ? Elle ne m'a fait aucun mal. Je suis très heureux dans notre relation.

– Bien sûr ! a-t-elle susurré. Un transport au cerveau, c'est un signe d'harmonie.

Avec fatalité, je contemple cette bimbo fossilisée qui nous sert de mère, tirée à quatre épingles dans son jean taille basse et son blazer Prada, rendue magnifiquement inexpressive par le Botox et l'acide hyaluronique.

– Ce n'est pas un transport au cerveau, maman, c'était juste une artère à déboucher.

– Un coup de Destop ! a souri mon demi-frère, défoncé derrière ses lunettes noires, avant de ponctuer sa réplique par un mouvement de ventouse, bruitage à l'appui.

– Il s'est fait un sang d'encre, a traduit maman. Ne nous refais plus jamais ce genre de frayeur, Mimi, promis ? Mon bébé !

Elle m'a soudain pressé contre elle en écrasant mon goutte-à-goutte. Sauf circonstance exceptionnelle, l'impresario au cœur de pierre dont elle voulait donner l'image étouffait en elle, heureusement, la comédienne à chier qu'elle avait été avant de me mettre au monde.

Aussi loin que je remonte, je n'ai pas souvenir qu'elle m'ait inspiré beaucoup d'amour filial, mais je ne lui en ai jamais voulu. Elle avait rendu papa si heureux, trois mois et demi. Comme il me le disait souvent, pendant les vacances, quand j'enfournais avec lui les premiers pains à quatre heures du matin, elle lui avait donné du bonheur pour toute la vie. Il n'entrait pas dans le détail, par pudeur, mais ses yeux parlaient pour lui. C'était le ver de terre amoureux d'une étoile, si heureux d'être redevenu ver de terre après avoir connu la face cachée des étoiles.

Leur rencontre valait son pesant de farine. A l'époque, Viviane Rex incarnait la Banette, ce pain spécial dont on tournait le spot sur le bassin d'Arcachon. Pour les besoins du scénario, nue sous une couche de croûte dorée, elle rôtissait sans bouger huit heures par jour sur le sable, aux accents d'un couplet de Jacques Brel : *« Si elles s'en souviennent, les vagues vous diront / Combien pour la Banette j'ai chanté de chansons... »* En tant que président du syndicat de la boulangerie locale, papa assistait au tournage et donnait son avis. Elle l'avait pris pour un producteur, et avait charitablement assumé son erreur quand, sous la couette, il avait défini plus avant ses fonctions. Elle avait eu la même acceptation résignée lorsque deux mois plus tard, comme il disait, la pâte avait levé. J'étais né après leur séparation, et ils m'avaient partagé à l'amiable : scolarité à Paris, vacances au fournil. Elle avait refusé qu'il me déclare tout de suite à la mairie, pour m'éviter de porter son nom, pensant que je réussirais mieux dans la vie en m'appelant Rex que Poitrineau. Papa s'était incliné devant l'argument. Il avait son nom sur sa vitrine ; ça suffisait à son ego. Depuis sa mort, sur ma carte d'identité, j'ai fait rajouter Poitrineau à Rex, avec un trait d'union. La seule inscription funéraire qui ait un sens pour moi.

– Et surveille ton alimentation, je t'en supplie ! Trop de viande, je te le dis toujours. Ça épaissit le sang et ça t'encrasse les veines : tu as vu le résultat. Heureusement que ton frère est végétarien.

Je n'ai pas fait de commentaire. Ezéchiel, lui, était le fils d'un scénariste anglais qui s'était reconverti en fromager du Larzac. Quant à Josué, il provenait d'un chauffeur d'émir qui s'était fait passer pour le propriétaire de la Rolls. Maman avait toujours raté sa vocation d'arriviste ; ça la rendait humaine malgré son physique de jeu vidéo.

Elle a regardé sa progéniture, sa montre et son portable. Elle s'ennuyait vite, quand les problèmes étaient réglés.

– Cool, le moniteur, a déclaré le végétarien, qui observait l'écran de mon encéphalogramme comme s'il était en repérage pour un épisode d'*Urgences.*

Et puis il s'est avachi dans le fauteuil de plastique en disant qu'il était trop cassé pour reprendre le train. Dans l'état de vide où j'étais, la présence de ces deux étrangers avec qui je ne partageais qu'un nom accentuait ma solitude, mon détachement, mon sentiment d'exil. Entre les lieux communs de l'une et la légume attitude de l'autre, j'avais du mal à faire semblant de m'intéresser. J'ai dit que j'avais besoin de repos.

– Tiens, la prod m'a envoyé ton *Quand j'étais star*, lance ma mère en guise de réponse. Ça te fera passer le temps.

Elle fouille son sac, dépose sur la table de chevet un DVD de l'émission qu'elle m'a poussé à faire en mars, et dont j'avais raté exprès la diffusion la semaine dernière. Une de ces daubes voyeuristes où le téléspectateur se rassure devant le destin des gloires déchues. Je partageais le générique avec un ex-champion de natation cloué dans un fauteuil roulant, un bébé chanteur des années quatre-vingt à présent SDF, un génie de la finance en redressement judiciaire et une ancienne bombe de la télé-réalité, désamorcée, recyclée dans l'humanitaire. Au cours du reportage, entre deux extraits de mes rôles de jadis, on me voyait à Arcachon, mitron intérimaire, posant devant l'ancienne boulangerie paternelle devenue une agence bancaire, puis trempant dans un bain bouillonnant marinière à Mytilia.

– Tu es ridicule, dit ma mère, quand tu fais la promo pour Candice. La thalasso de la moule. Vraiment. Au lieu d'annoncer que ton frère va tourner dans *Joséphine ange gardien.*

En fait, je n'avais accepté l'émission que pour amener de la clientèle à Candice, que l'animateur présentait comme la fiancée dévouée qui m'avait sauvé du naufrage de la misère anonyme. Sa famille avait moyennement apprécié.

– Et tu comptes faire quoi, mon Mimi, pour ta convalescence ?

J'ai regardé Viviane Rex en position d'écoute, la langue entre ses grosses lèvres refaites dans le style hamburger. Je percevais toujours très facilement ses voix off. Là, derrière la sollicitude, elle songeait aux frais que j'allais occasionner, à ma mauvaise mutuelle, au bail de mon studio sur la plage d'Arcachon qui arrivait à terme, à la tranquillité de son deux-pièces près des Champs-Elysées où elle multipliait la fréquence des amants à l'approche de la cinquantaine.

– Je sais où aller, maman, ne t'inquiète pas.

La calme autorité de mon ton l'a rassurée. Je ne demandais rien et j'avais l'air sûr de moi.

– C'est toi qui vois. Allez, Kiki, on va le laisser se rcposcr : faut quc tu sois en forme demain pour le tournage. Surtout, Mimi, n'hésite pas à appeler s'il y a quoi que ce soit. Mais tu es en de bonnes mains : tu as déjà meilleure mine. Allez, bisous.

– Salut, *brother, take care.*

Je les ai regardés partir avec leurs cheveux magnifiques, leurs vêtements tendance et leur taille bonsaï. Chaque fois que je les voyais, j'étais si fier d'être le portrait de mon père : sa calvitie, son allure de plouc, son mètre quatre-vingt-douze, sa sensibilité que ma mère prenait pour de la mièvrerie et sa part d'ombre qu'elle n'avait jamais remarquée. On ne s'était pas dit grand-chose, lui et moi, avec nos pudeurs additionnées : c'est la première fois qu'il me manquait en tant que confident. J'aurais tellement aimé lui parler de *L'Empire des lumières.* Il aurait compris ce que j'éprouvais. Pas avec des raisonnements de scientifique irrationnel comme Philippe Necker. Avec son cœur.

Je savais où je voulais aller, oui. Et pourquoi. Le tout était de trouver comment.

– Je suis bien plus que mon corps physique, murmure une voix d'hôtesse de l'air. Et parce que je suis bien plus que de la simple matière, je peux percevoir ce qui est au-delà du monde matériel… Je dois simplement me détendre, oublier les limites de mon corps…

– Je vous envoie quarante mille hertz, Jérémie, interrompt la voix du technicien derrière la vitre de régie. Vous allez me dire ce que vous ressentez.

Un casque sur les oreilles, le crâne recouvert d'un genre de filet de pêche muni de capteurs électroniques à ventouses, je suis relié à des écrans qui enregistrent mes réactions cérébrales, chaque fois qu'on m'envoie une fréquence. Allongé dans la pénombre sur un fauteuil de dentiste, je fixe les fenêtres de *L'Empire des lumières* projeté au plafond du laboratoire, attendant que les sons hachés qui traversent ma tête à intervalles réguliers m'expédient à l'intérieur du tableau.

C'est un protocole très au point, paraît-il, breveté sous le label Hemi-Sync. *Frequency Following Response*, ça s'appelle : la réaction de mon cerveau aux ondes sonores est censée me provoquer une sortie de corps. Un genre de NDE artificielle, sans que j'aie besoin de mourir. En gros, c'est la différence entre la fréquence captée par mon oreille droite et celle que reçoit l'oreille gauche qui va créer, d'après eux, un état modifié de conscience. Pour l'instant, je ressens surtout un début de crampe dans le mollet droit, et j'ai le bout du nez qui gratte. Je le dis au technicien. En réponse, un larsen éclate dans mon casque.

– Je vous prie de m'excuser, dit-il avec la lenteur concentrée de son accent suisse. Deux minutes et j'essaie une autre longueur d'onde. La température vous convient toujours ?

Je réponds oui. L'air pulsé parfumé à la pomme est supposé me détendre, me faire oublier l'espèce de poulpe à électrodes ventousé sur mon crâne.

– Je suis bien plus que mon corps physique, reprend la voix de synthèse de l'hôtesse Swissair. Et parce que je suis bien plus que de la simple matière…

– On est repartis ! se réjouit le Vaudois.

Une nouvelle série de bruits se croisent dans ma tête comme des motos dans un tunnel.

– Dites-moi ce que vous voyez, Jérémie.

Je le lui dis. Ça n'a pas l'air de l'emballer.

– Concentrez-vous sur les fenêtres. Répétez-vous que les beaux souvenirs que vous voulez revivre sont à l'intérieur du tableau, et pas dans votre cerveau. Ça marche ?

Je réponds que ça marche, pour ne pas le contrarier. Ça fait trois heures que j'ai commencé mon stage de cobaye à l'Institut de recherche sur l'action de la pensée. Codirigé par un Prix Nobel et l'administrateur d'un fonds de pension du canton de Vaud, l'IRAP est un bloc de verre fumé sur une pelouse en pente au bord du lac Léman. La responsable de l'unité « localisation de la conscience » s'appelle Charlotte Lassalle-Hortiz. Une maigre icône pour yaourts bio dans une blouse collante, avec cheveux roux, chignon strict, sourire en lame de rasoir et regard pervers derrière ses lunettes rondes. C'est l'ancienne maîtresse de Philippe Necker.

– Ça va bien, Jérémie ?

Sa voix de dominante a remplacé le murmure du technicien dans mon casque. Avec un peu d'impatience, je réponds que ça va bien, dans le sens de « ça suffit ». Au prix où ils facturent l'heure de bruitage, j'aimerais bien qu'ils m'envoient un peu plus vite dans le Magritte.

– Vos potentiels sont en phase, me rassure-t-elle, vous réagissez de manière très positive. Encore quelques réglages pour affiner les fréquences, et ce sera bon. Détendez-vous.

Je commence à regretter d'être venu. Mais Philippe Necker était si convaincant, au téléphone. Il a contacté l'IRAP pour moi, a expliqué mon cas, parrainé ma candidature, obtenu un passe-droit sur la liste d'attente, et proposé de m'accompagner à Lausanne. Peut-être que, finalement, je n'étais qu'un prétexte pour renouer avec son ex.

– Concentrez-vous sur le tableau, Jérémie.

Qu'est-ce que je fais d'autre, depuis quinze jours ? A ma sortie de l'hôpital, vu de l'extérieur, tout allait mieux. Ma banquière et mon propriétaire étaient redevenus aimables, dès l'instant où mes économies avaient réintégré mon compte, l'employée de l'ANPE était ravie de ne plus me voir, Candice était rassurée sur mon état de santé, elle pouvait se consacrer à la gestion de sa thalasso, et je passais mes journées dans mon studio, du lit au fauteuil et du fauteuil à la chaise longue du balcon. Je m'étais offert une reproduction de *L'Empire des lumières*, je restais des heures à la fixer, je m'en imprégnais avant de dormir, mais rien ne se passait.

Pourtant j'étais devenu incollable. J'avais lu douze études critiques, dont le pavé du galeriste Maurice Herbulot, intitulé *Le Pouvoir d'attraction chez Magritte*. J'avais revisité toute sa production, digéré toutes ses influences, adhéré à toutes ses conceptions. Je m'imprégnais de son style pour préparer mon retour, pour qu'il me réinvite. En vain. Ça ne marchait peut-être que devant l'original. Ou alors l'éditeur d'art s'était trompé de reproduction.

J'avais découvert dix variantes à *L'Empire des lumières*, dont l'une s'était vendue treize millions de dollars chez Christie's à New York, en 2002. Mais la mienne, celle dont Candice avait le poster dans sa chambre, était la première version. Du moins pour certains biographes. Pour d'autres, c'était la huitième, la plus grande, celle que Magritte avait promise à quatre collectionneurs différents pendant la Biennale de Venise, et que Peggy Guggenheim avait finalement obtenue. Quand j'avais appelé le musée pour vérifier, ils venaient de fermer pour travaux. Durée approximative : trois mois. Et mes tentatives pour entrer depuis chez moi dans les dix autres *Empire* s'étaient soldées par le même échec.

Je me voyais mal attendre trois mois devant des

photos qui me refusaient l'accès. Que faire ? Aller forcer les fenêtres dans un musée de Bruxelles, New York, Tokyo, essayer d'infiltrer les collections privées ?

Restait aussi la piste de la jeune femme qui m'avait ouvert le tableau. Au fil de mes recherches Internet sur Magritte, j'avais fini par trouver la trace d'une certaine Martha Beckmann. Elle était citée non pas comme modèle, mais comme résistante dans le réseau de Joë Bousquet, chez qui le peintre avait passé deux mois à Carcassonne au printemps 1940. L'année suivante, Martha Beckmann était arrêtée par la Gestapo et déportée à Auschwitz. Aucune autre mention de son existence.

Magritte était-il tombé amoureux d'elle ? L'avait-il peinte à l'une des fenêtres du tableau, avant de la recouvrir de peinture orange à cause de la jalousie de sa femme ? J'imaginais le fantôme de la déportée passer sans transition de la chambre à gaz à *L'Empire des lumières.* Mais l'œuvre où elle m'était apparue datait de 1953. Avait-elle fait antichambre pendant tout ce temps dans la mémoire du peintre, ou habité d'autres toiles avant celle-ci ? En tout cas, je n'avais trouvé aucune mention d'un tableau intitulé *La Femme intérieure.*

Je m'étais adressé à des associations juives, pour

savoir si Martha Beckmann était morte au camp de concentration. Curieusement, son nom figurait dans la cargaison du train, mais pas sur les registres d'Auschwitz. Ou elle s'était évadée pendant le voyage, ou on l'avait tuée avant l'arrivée et balancée du wagon – il y avait des exemples, disaient les documentalistes de la Shoah. Ils m'avaient renvoyé aux archives de la SNCF, qui m'avaient baladé de service en service avant de m'orienter vers un historien ferroviaire décédé six mois plus tôt. Je m'étais rabattu sur l'annuaire électronique ; il m'avait fourni quarante-huit Beckmann. Je les avais tous contactés : c'étaient des homonymes ou des répondeurs qui ne rappelaient pas.

Toutes ces recherches n'avaient eu pour effet que de me détourner de *L'Empire des lumières*. L'expérience que j'y avais vécue perdait de sa réalité jour après jour, et la remise en question aggravait encore mon état de manque. A bout de ressources, j'avais tenté de m'ouvrir à Candice, de braver son esprit cartésien pour lui confier l'aventure qui m'était arrivée dans son tableau fétiche.

Je l'avais invitée au restaurant diététique de sa thalasso. Mes premiers mots avaient piqué sa curiosité : « A quoi tu penses, quand tu regardes ton Magritte ? » Elle s'était mise à me parler rejet de soi, image du père, reconstruction. J'avais changé de sujet. Sur la défensive aux amuse-bouche, elle s'était détendue avec les hors-d'œuvre, quand je l'avais branchée sur les bienfaits de ses coquillages. Puis elle s'était refermée devant le plat du jour, lorsque j'avais abordé mon expérience hors du corps.

Elle m'avait arrêté à la deuxième phrase : ce genre de visions s'expliquait par la kétamine, un anesthésique dissociatif que sécrète le cerveau quand il est privé d'oxygène – impression de se dédoubler, de voir des sons et des lumières, de scénariser son inconscient… Il y avait une telle vigueur dans sa riposte que je me suis dit qu'elle me cachait quelque chose. Une intuition éprouvée durant ma NDE m'est revenue en plein cœur. Et si elle avait été attirée en même temps que moi dans le tableau ? Et si elle en avait ramené les mêmes souvenirs ?

– Ce n'est pas une expérience paranormale, Jérémie, c'est de la psychanalyse. Si *L'Empire* est si important pour toi, alors tu dois faire le travail que j'ai fait.

– C'est-à-dire ?

– Ce tableau, c'est ta maison intérieure. Mais tu ne la connais pas. Explore chaque recoin, de la cave au grenier, aie le courage de regarder en face ce que tu n'aimes pas, ce que tu ne veux plus, de changer les meubles, de refaire les pièces… Cette maison, c'est toi. Mais tant que tu ne l'habites pas vraiment, tu ne peux pas me donner les clés, et on ne pourra pas être ensemble : je ne ferai partie que de tes fantasmes. Et de tes peurs. Tant qu'on n'a pas évacué la peur, on reste figé dans le passé. Et on empêche nos rêves de construire un avenir. Ce n'est pas un hasard si je t'ai fait aimer cette toile.

Je ne comprenais pas bien si elle nous ouvrait une perspective de vie commune, ou si elle me renvoyait dans le tableau pour se débarrasser de moi. Son ton développement-personnel et sa douceur neutre ne laissaient pas trop d'espoirs. J'avais dominé le malaise, tenté de déduire de son visage les émotions qu'elle me dérobait. Mais ses moules avaient chopé une maladie : son personnel était venu lui signaler trois cas d'allergie dans le bain bouillonnant, et elle avait dû interrompre notre déjeuner. En se levant, elle avait conclu :

– Magritte t'offre une solution onirique plus facile à gérer que la réalité brutale, mais ne t'endors pas non plus.

– Ça serait quoi, la « réalité brutale » ?

– Couper les liens avec ta mère, la boulangerie et moi. Quitter Arcachon, tenter ta chance à Paris avec ton violoncelle. Tu es bien plus doué que moi.

– Et ça ne te ferait rien de me perdre ?

– Ça me donnerait une chance de te retrouver.

J'avais regagné mes livres d'art et mes fenêtres closes. Autant *L'Empire des lumières* se refusait à moi, autant je me sentais poursuivi par un autre Magritte, sur lequel s'ouvraient les albums avec un malin plaisir. C'était une affiche de 1939, réalisée pour le Comité de vigilance des intellectuels antifascistes. On y voyait un homme politique belge, Léon Degrelle, se regarder dans un miroir où se reflétait Hitler. Et ça s'appelait *Le Vrai Visage de Rex.*

Que venait faire mon nom dans son œuvre ? Etait-ce une coïncidence, un indice, un message ? Et comment interpréter le contexte ? Dans mes rêves, la nuit, la belle image de Martha m'ouvrant la fenêtre de Magritte était remplacée par un train d'où je la jetais en marche. J'avais poussé le masochisme jusqu'à téléphoner à maman, pour l'interroger sur la vie de son père que je n'avais pas connu. Heureusement, et c'était confirmé sur plusieurs sites officiels, André Rex avait rejoint le général de Gaulle à Londres en juin 1940. D'un côté ça me rassurait qu'il ne soit pour rien dans le destin de Martha ; d'un autre côté ça me privait d'un indice. Je me retrouvais à la case départ, en sachant de moins en moins comment repartir.

L'appel de Philippe Necker, à son retour d'Ecosse, m'avait tiré de cette léthargie obsessionnelle qui commençait à ressembler à une vraie dépression. Lui-même était au fond du gouffre : non seulement il n'avait capté aucun fantôme dans les trente-cinq châteaux mis sur écoute, mais la société hôtelière qui lui avait commandé l'étude avait fait faillite, sa facture ne serait pas payée, et on lui avait volé son matériel à l'aéroport. Il s'était raccroché à mon désespoir comme à une planche de salut. Il m'avait persuadé que j'avais un seul moyen de retourner dans *L'Empire* : reconstituer les circonstances qui m'avaient permis d'y entrer. A ses yeux, Charlotte Lassalle-Hortiz était l'unique personne capable de me déclencher sans danger une NDE virtuelle.

– Fermez les yeux, reprend-elle. Vous étiez à focus 2 ; on va travailler sur vos ondes alpha, en stimulant l'activité électrique de la méditation profonde. Concentrez-vous sur un point du tableau. Vous êtes prêt ?

J'acquiesce d'un hochement de tête qui agite les câbles sur mes épaules. Les yeux fixés au Magritte projeté sur le plafond, j'hésite entre l'une des fenêtres orange ou le volet du rez-de-chaussée que Martha m'avait ouvert.

– Trois... quatre... cinq...

A chaque silence entre les chiffres correspond un chatouillement silencieux dans mes oreilles. Ils ont dû passer en mode ultrason. La sensation provoque des images confuses qui se télescopent. Le fournil de mon père, un tournage, une dent de sagesse, un cours de violoncelle avec Candice à treize ans, un mendiant qui me sourit quand je lui donne un Carambar, une gastro en cours de maths, ma première expérience amoureuse avec une monitrice de voile, le platane en face de chez ma mère débité à la tronçonneuse par des hommes en vert, une dispute avec la conseillère clientèle de la Caisse d'épargne…

Les jalons importants de ma vie et les détails insignifiants s'entremêlent et se répondent avec la même intensité. J'ai l'impression désagréable qu'on est en train de me dérégler le cerveau. De me réinitialiser. Je n'ai plus le contrôle de ma pensée ; je me sens aussi dépossédé que devant le spécialiste à qui je confie mon ordinateur, les jours de bug, et qui fait apparaître sous mes yeux tant de fonctions nouvelles que je ne reconnais plus rien.

– Six… Sept…

Un tapotement sur le côté du crâne, comme si une petite cuillère m'attaquait en tant qu'œuf à la coque. Puis c'est la sensation d'une casserole qui bout – je pars en fumée au-dessus de moi, je me regarde par-dessus mon épaule…

– Huit… Neuf…

J'espère qu'ils savent ce qu'ils font. Dans le TGV où il m'a donné rendez-vous, gare de Lyon, Philippe Necker m'a vanté leurs découvertes, leurs résultats, leur réputation : le sérieux helvétique au service des folies de la science. N'empêche que la crise économique a réduit leurs crédits : la pelouse est mal tondue, il n'y a plus de savon dans les toilettes, et visiblement les pigeons comme moi sont les bienvenus, à mille francs suisses de l'heure.

– Attention, Jérémie, on passe en focus 12.

Une pulsation sonore envahit mon oreille droite, une sorte de courant d'air aigu traverse la gauche, et soudain je sors de moi à une vitesse hallucinante. Je traverse la maison des lumières, le plafond, le toit-terrasse, les nuages au-dessus du lac, et je fonce dans le cosmos au milieu des étoiles.

C'est malin. La vue est belle, d'accord, j'ai la Terre sous mes pieds, la Lune à main gauche et les anneaux de Saturne en face de moi, mais ce n'est pas ce que j'ai demandé. Ils ont dû se tromper de fréquence. Ou c'est moi qui me suis endormi. Ça va être ma faute, encore : ils m'ont bien précisé que je devais rester éveillé pour piloter ma conscience dans une sortie de corps directionnelle, sans me faire happer dans le fourre-tout incontrôlable des rêves. Les sons qu'ils m'envoient, correspondant aux ondes alpha du cerveau, sont censés me maintenir à la frontière exacte entre la méditation et la projection astrale – c'est la fréquence, disent-ils, sur laquelle les patineurs exécutent mentalement leur programme avant de se lancer sur la glace.

– Un petit problème technique, Jérémie, ce n'est rien : on réaligne. Projetez votre conscience à l'intérieur de la maison. Pensez à ce que vous avez envie d'y retrouver ; on numérise l'information plaisir et on vous la renvoie.

J'attends. Je suis de retour dans mon corps, mais je me sens totalement paralysé. Ils m'ont prévenu : c'est normal. En focus 12, ma pensée est déconnectée des fonctions physiques, pour lui permettre d'aller se matérialiser où elle veut. Ça me paraît trop beau pour être vrai, mais je n'ai pas le choix : j'ai signé une décharge, une acceptation des phases du protocole et de la théorie qui les sous-tend, sans quoi ils refusaient de m'inscrire. Ils m'ont fait parapher en annexe des publications scientifiques prouvant que la matière « solide » est constituée à 99,99 % d'espace vide. Evidemment, ça laisse de la place pour le reste.

Et « le reste », ils appellent ça des CIC : champs informationnels de conscience.

Si j'ai bien compris, nos cellules sont constamment traversées par ces champs, comme les ondes invisibles qu'un téléviseur transforme en images. Et quand on a fait une NDE, comme moi, la réception est encore accrue. D'après les gens de l'IRAP, je ne recevais que le canal 1 – ma propre conscience personnelle – et maintenant je suis en mesure de capter une infinité de canaux : le champ de conscience des autres. Mais je reste le maître de la télécommande. La déportée qui squatte le tableau de Magritte aurait ainsi le pouvoir de m'y attirer *si j'en ai envie*, dans les moments où je réussis, par l'accident vasculaire ou la technique sonore, à m'affranchir des limites de mon corps physique.

– Originale, dit Martha, la manière dont vous êtes revenu. On ne me l'a pas encore faite, celle-là.

Le laboratoire a disparu. Je me trouve dans la chambre aux fenêtres orange, mais ni le décor de Candice ni le chevalet portant *La Femme intérieure* ne sont là. J'ai entre les mains l'instrument dont j'ai le plus rêvé dans ma vie : le violoncelle de Rostropovitch. Orné de ses initiales et du sticker fétiche que j'avais remarqué, le jour où j'ai réussi à me faufiler dans sa loge avec Candice à l'opéra de

Bordeaux. Emu aux larmes, je regarde l'archet glisser sur les cordes, en tirer des accords dont je me sais incapable. C'est un concerto de Benjamin Britten que je n'ai jamais déchiffré. L'instrument joue tout seul, en entraînant mes doigts. L'archet s'arrête.

Martha sourit. Elle incline la tête, sans que bougent les vagues et les rouleaux de sa coiffure. Elle est vêtue du même tailleur pied-de-poule que la dernière fois. Modèle d'avant-guerre, je suppose. Sur le ton banal que j'emploierais pour m'informer de sa santé, je lui demande si elle est morte pendant le trajet vers Auschwitz. Elle me regarde sans répondre, accoudée à la cheminée condamnée que surmonte l'immense glace piquetée. Je lis dans ses yeux une vraie perplexité – ou alors c'est de la pudeur. Elle baisse la tête, laisse tomber que ce n'est pas mon problème. J'insiste, lui demande si je peux faire quelque chose à sa mémoire.

Son expression devient floue. Un tremblement secoue la maison, résonne dans ma voûte plantaire, comme si un métro passait juste en dessous. Elle frissonne et se reprend, énergique :

– Jouez, allez !

Le violoncelle lui obéit, mes doigts suivent. Le mur vibre et se déforme au rythme de son visage ; on dirait qu'une souffrance se répand de l'un à l'autre. Elle change d'âge, se flétrit, rajeunit, se marque à nouveau, puis l'image se stabilise au gré des accords du concerto. Elle incline la tête en arrière, reprend son souffle en fermant les yeux, comme si elle inspirait les sons. Puis sa main se lève d'un coup.

– C'est bon, ça suffit. C'est très beau, mais vous n'êtes pas là pour ça, Jérémie.

Mes doigts ne pincent plus que le vide ; le violoncelle a disparu. La glace murale derrière elle s'éclaircit, reflétant soudain *La Femme intérieure.* Je fixe la jeune beauté dont le dos s'extrait d'une dépouille de vieille femme, puis je me tourne vers Martha pour lui demander si je peux voir Candice. Une présence chaude entre mes mains répond à mon souhait avant même que je l'aie formulé, mais j'interromps aussitôt mon étreinte. Un mouvement de recul me fait découvrir la silhouette qui s'est matérialisée. C'est une Black avec des seins de rêve, l'allure guerrière, d'épais cheveux dreadlockés, un sourire éclatant et une écharpe « Miss Vincennes » en travers du maillot de bain.

Je signale à mon hôtesse qu'il y a un léger malentendu : je suis venu chercher Candice, la vraie Candice, ma Candice d'avant, pas une playmate de substitution, un fantasme interchangeable. Martha soupire, à la manière d'un fournisseur injustement critiqué, me désigne la porte et dit à contrecœur :

– Suivez-moi.

La Miss agite la main dans ma direction en accentuant son sourire de commande, s'évapore dans une bizarre odeur pharmaceutique. Je suis Martha le long d'un couloir sans fin, parsemé de chiens et chats immobiles qu'elle traverse comme des hologrammes, avec un mot gentil pour chacun. Je les contourne, prudent, gêné par leurs regards de résignation triste.

Elle monte un escalier en colimaçon, décoré de cadres vides où clignotent des lettres penchées : *Identification en cours.* Sur le palier de la tour carrée, elle ouvre une porte en me faisant signe d'entrer. Je me retrouve dans une bibliothèque sans livres où d'immenses fauteuils club entourent une cheminée de marbre. Sur les chenets chuinte une bûche au gaz marquée *Ceci n'est pas une bûche.* L'éclairage n'a rien d'orange, cette fois : une épaisse fumée dilue la lueur des bougies et le halo bleu des boîtiers transparents *Issue de secours,* disposés comme des appliques tout autour de la pièce.

Deux hommes regardent la fausse flambée, avec une expression qui évoque les halls d'aéroports en grève. Un petit chauve à pipe et cachemire, un vieillard en chemise d'hôpital, le visage maquillé par du fard qui dégouline et du fond de teint qui se décroûte.

– Je vous présente les intrus du moment : Hubert et Jürgen.

Ils se tournent vers moi. Je leur dis bonjour, leur demande poliment d'où ils viennent.

– Luxembourg et Tel-Aviv, répond-elle d'un trait. Le premier est en transit, le second s'incruste.

– Je suis le propriétaire ! lance le petit chauve avec une aigreur de VIP mal traité. Où est Magritte ? Pourquoi ce n'est pas lui qui m'accueille ?

Elle répond qu'il ne vient jamais : il préfère la compagnie des jeunes peintres contemporains à celle des collectionneurs trop riches qui polluent son œuvre.

– Je vois qu'il est toujours communiste, ricane le chauve.

Martha l'invite sèchement à se rappeler dans quelles circonstances il est arrivé ici. L'autre sursaute, touche sa tempe, regarde d'un air contrarié le sang sur ses doigts, et minimise avec une moue :

– Un moment d'égarement, c'est tout.

– Dissipez-le.

– Je ne suis pas responsable de la faillite de mes clients ! martèle-t-il en tapant du poing sur l'accoudoir. Mon honneur est sauf !

– Ce n'est pas avec ce genre d'arguments qu'on viendra vous chercher.

– Je suis chez moi dans ce tableau !

– Mais non ! Vous vous êtes fait refiler un faux, vous le savez, à présent ! Arrêtez de vous cacher la réalité !

Le chauve se détourne en serrant les dents sur sa pipe.

– *Ich will sterben !* me supplie soudain le vieillard maquillé, en levant vers moi ses yeux enfoncés dans les orbites.

– Il n'est pas là pour ça ! lui réplique la maîtresse de maison, qui enchaîne en me prenant par le bras : Allez, revenons à vous.

Tandis qu'elle m'entraîne hors de la bibliothèque, je m'informe :

– Qu'est-ce qu'il a dit ?

– Qu'il veut mourir. Je le comprends, mais vis-à-vis de l'autre, c'est assez malpoli.

Sur le palier, le vendeur de matériel agricole est adossé à la rampe, dans son blouson de toile, son appareil photo toujours pendu autour du cou. Il interroge Martha d'une voix morne :

– Et pour moi, qu'est-ce qui se passe ?

– Travaillez, mon vieux, répond-elle, agacée. Soyez actif, mettez-vous en scène, appelez des gens ! Vous êtes dans un cadre, ici : à vous de le faire vivre ! L'au-delà, ce n'est pas un voyage organisé ! Ça se travaille !

– Mais je suis dans le coma!

– Raison de plus! Allez hop, bougez-vous! N'attendez pas qu'on vous serve si vous ne commandez rien!

– Je veux me réveiller! J'ai une femme et trois enfants!

– Eh bien réveillez-vous!

– Aidez-moi, je vous en supplie!

– Et moi, on m'aide, moi? craque-t-elle soudain en le secouant par les revers du blouson.

Une série de bips se déclenche, un tremblement de terre ébranle la maison, les tableaux se décrochent, l'escalier s'effondre, le visage de Martha se délite. Elle se tourne vivement vers moi.

– Vous voyez ce que vous faites, Jérémie? Il ne fallait pas revenir de cette manière, ce n'est pas naturel, c'est malsain, ça fausse tout! Je veux de l'amour, pas de la technique!

Elle ouvre une fenêtre qui donne sur l'arrière de la maison. On ne voit rien. C'est du néant, du non-peint. Elle attrape soudain mon bras et me fait basculer dans le vide.

– Ce n'est pas comme ça que vous devez me chercher! crie-t-elle tandis que je me retrouve dans mon corps.

Les bips résonnent sur les écrans qui m'entourent.

Cinq blouses bleues sont penchées au-dessus du fauteuil de dentiste.

– C'est ex-tra-or-di-naire ! scande Philippe Necker.

– Pour une première séance, je n'ai jamais vu ça, confirme Charlotte Lassalle-Hortiz.

Ils me flanquent sous le nez des diagrammes et des courbes, avec la fierté des gens qui vous sortent leurs photos de vacances.

– Vous pouvez vous lever ?

Je bouge un doigt, une épaule, la tête. Je demande combien de temps je suis resté dans la maison.

– Quatre heures.

Je bondis sur mes pieds. Quatre mille francs suisses ! Ils me rattrapent, me redressent, m'asseyent sur une chaise normale. Ce n'est pas possible, c'est de l'arnaque ! J'ai l'impression de m'être absenté cinq minutes, à tout casser. Et pour faire quoi ? Toucher une illusion de violoncelle, un corps de Miss, dire bonjour, entendre des plaintes, essuyer des engueulades et me faire balancer dans le vide.

Je tourne la tête vers la pendule murale. 19 heures 30 ! Je sors de ma poche la montre qu'ils m'ont fait retirer pour l'expérience, compare et referme la bouche, tétanisé. Ils ne m'ont pas menti. Ils sont même en dessous de la vérité : à mon dernier coup d'œil à la pendule, avant d'être projeté dans le cosmos, il était 15 heures 12.

– Débriefing, tout de suite ! ordonne la rousse en pointant le doigt vers un de ses hommes, qui se précipite hors de la salle.

– Il faut consigner votre témoignage avant que vous n'oubliiez, m'explique Philippe Necker.

On me donne un Coca, un sucre, un biscuit, et on me soutient jusqu'à une véranda où l'on m'installe au bout d'une table de conférence.

Deux magnétos et une caméra enregistrent ma déposition. J'entends les phrases tomber de mes lèvres, toutes seules ; leurs questions font revenir les images et les sons avec une précision clinique. Devant moi, sur son écran, une secrétaire vérifie par un logiciel recoupement/croisement les informations que je donne.

Ils ont commencé par les personnages que j'ai décrits dans la bibliothèque sans livres. L'association des mots-clés *Magritte*, *mort* et *coma* leur a fourni deux pistes. Un conseiller en placements luxembourgeois, qui venait d'acquérir trois mois plus tôt une version 1958 de *L'Empire des lumières*, s'est suicidé ce matin, à l'annonce de son inculpation pour escroquerie. Quant au vieil Allemand maquillé, il pourrait s'agir d'après eux de Jürgen Lohenbrau, l'ancien conseiller culturel du maréchal Goering, chargé de compléter sa collection d'art contemporain en déportant les collectionneurs juifs. Ils en concluent que Martha est l'une de ses victimes, et que *La Femme intérieure* fait partie des toiles qu'il a volées.

Charlotte Lassalle-Hortiz me lit son CV. Disparu en 1945, Lohenbrau a été retrouvé quarante ans plus tard en Bolivie par des chasseurs de nazis. Deux agents secrets du Mossad l'ont enlevé à La Paz, drogué puis exfiltré en douceur pour le ramener en Israël. Le seul problème était que les photos qu'ils avaient utilisées pour lui fabriquer un faux passeport dataient de la guerre. Le nazi avait vieilli comme tout le monde, et ne se ressemblait plus. Alors les agents israéliens, obligés d'effacer les années sous le maquillage, lui ont rendu sa jeunesse pour son dernier voyage d'homme libre.

Quand il s'est retrouvé à Tel-Aviv, une fois les effets de la drogue dissipés, Lohenbrau a fait une attaque en se voyant dans le miroir. Depuis, on le maintient sous respirateur et perfusion, dans l'espoir qu'un jour on pourra lui faire dire où sont les vingt-six toiles de maîtres qu'il avait gardées pour son usage personnel.

Je suis perplexe. Quatre cafés et un sandwich au jambon m'ont recalé dans le présent, rendu l'esprit critique. Je leur dis que j'ai très bien pu lire jadis et oublier cette histoire de nazi, comme j'ai pu capter à la radio l'autre fait divers sans m'en rendre compte, tout à l'heure, en dormant dans le taxi qui nous amenait de la gare. Ils m'observent sans répondre. J'insiste : rien de tout cela ne prouve que ces deux personnages ont réellement squatté le tableau où je suis censé avoir passé l'après-midi.

– Et le violoncelle ? interroge Lassalle-Hortiz.

– Candice prenait des cours, à quinze ans ; j'ai voulu faire pareil pour qu'on ait une passion commune…

– Pourquoi Rostropovitch ?

Je raconte le concert où nous avait emmenés le père de Candice, à Bordeaux, et ce moment fabuleux, dans la loge, quand le maître nous avait permis de toucher son violoncelle.

– Donc, ce sont des appâts.

C'est un grassouillet en bout de table qui vient de parler, l'allure sinistre égayée par un nœud papillon sous la blouse blanche. Je lui demande ce qu'il entend par là. Il désigne le dossier ouvert devant lui.

– Le tableau utilise des leurres afin de vous attirer. D'abord la femme que vous aimez, pour des retrouvailles charnelles, et ensuite le violoncelle de vos rêves pour un concert privé. Sans parler de cette pin-up sur laquelle vous avez dû fantasmer dans un magazine. On vous appâte, et ensuite on vous charge d'informations à transmettre.

Je digère son point de vue. S'il a raison, à quoi ça rime ? Qu'attend-on de moi ? Que j'aille euthanasier le nazi, prévenir les héritiers de l'escroc luxembourgeois que le Magritte qu'ils vont se partager est une copie ?

Un silence bienveillant répond à mes questions. On dirait qu'ils sont contents que je réagisse comme ça, qu'ils me laissent définir mes responsabilités. Je ne sais plus ce que je suis pour eux. Je me sens tour à tour un cobaye qu'on rackette, un messager qu'on programme, un espion qu'on débriefe…

La rousse relit ses notes, se tourne vers le nœud papillon :

– Le tout est de savoir si c'est lui qui projette, ou si c'est le tableau qui fournit.

– Commençons par établir ce qu'on entend par « le tableau », réplique-t-il. Une création de son moi superlumineux, ou de celui de Martha ? Qui est la source émettrice ?

Je profite d'un silence pour demander ce que c'est, mon moi superlumineux. Le nœud papillon me répond :

– En tout cas, le facteur déclencheur est clair : les

tachyons de votre cerveau sont entrés en connexion avec les tachyons de personnes liées comme vous à ce tableau de Magritte.

– Les tachyons, me traduit Philippe Necker, ce sont des particules qui voyagent plus vite que la lumière. Une théorie du physicien Régis Dutheil. Dans l'univers superlumineux qu'elles composent, le temps ne s'écoule plus et l'espace n'est qu'une vue de l'esprit.

– En gros, renchérit la rousse, c'est là que se déroule notre véritable existence. Chacun de nous est le produit de son moi superlumineux, qui se projette comme un hologramme dans le monde matériel.

– Ah d'accord, dis-je pour abréger les explications. C'est comme Adam et Eve, quoi. Ils quittent le Paradis en mangeant la pomme, sinon y a pas d'évolution.

Ils se regardent, perplexes. C'est peut-être un peu trop compliqué pour eux.

– La part superlumineuse de notre esprit, reprend le nœud papillon, nous la rejoignons dans nos rêves, nos comas, nos NDE…

– Mais elle peut très bien, comme dans votre cas d'espèce, attirer le moi superlumineux d'un autre, interrompt Philippe Necker.

Puis il regarde son ex en ajoutant sur un ton de cessez-le-feu :

– C'est ce qui arrive parfois dans l'orgasme.

– Quoi qu'il en soit, fait la rousse en se tournant vers moi, la théorie de Dutheil n'était qu'une hypothèse de travail pour créer un nouveau modèle de conscience. Mais après sa mort, en 1996, l'Institut de physique de Cologne a repéré l'existence de ces fameux tachyons. De modèle théorique, le monde superlumineux est devenu réalité, au même titre que notre monde matériel.

– Et en quoi ça me concerne ?

– Vous êtes passé de l'un à l'autre, répond Philippe Necker sur un ton d'évidence suave. Pendant quatre minutes trente, à Venise, j'en suis témoin, vous avez franchi le mur de la lumière. Et nous venons de reproduire l'expérience pendant quatre heures.

Je lève la main pour les arrêter. Je leur signale que plus ils veulent m'apporter de preuves et moins je suis convaincu. Le son-et-lumière qu'ils m'ont fait, aujourd'hui, c'est peut-être simplement de l'hypnose. Une séance d'illusions programmées à mille francs suisses de l'heure. En fait, le seul phénomène qui demeure une certitude pour moi, c'est ce qui s'est passé *avant* ma perte de conscience à Venise, *avant* ma prétendue NDE et toutes leurs tentatives pour m'influencer. C'est l'extinction des fenêtres orange dans le tableau du musée Guggenheim.

Les chercheurs échangent des regards entendus, puis se tournent d'un même mouvement vers un très vieux monsieur en tweed qui n'a encore rien dit, les doigts croisés devant son nez. Vu le respect avec lequel ils attendent son avis, ça doit être le Prix Nobel ou le sponsor.

– La couleur n'est qu'une longueur d'onde, monsieur Rex. L'orange en soi n'existe pas. Quand vous regardez les fenêtres du tableau, la rétine envoie à votre cerveau un message codé qui se traduit par une activité électrique, que nos scanners sont en mesure de capter. En revanche, ce que nous ignorons totalement, c'est comment ce message se transforme en *sensation.* Au lieu d'analyser l'information pour ce qu'elle est, une longueur d'onde, votre cortex la modifie et vous percevez une sensation colorée. Dans votre cas, il y a eu rupture de la sensation orange *la veille* de votre perte de conscience. C'est donc la preuve que quelque chose dans le tableau – ou dans votre moi superlumineux – a modifié la longueur d'onde, pour vous préparer au transfert dans le Magritte qui a eu lieu le lendemain.

Je reste un moment sans bouger. Je réentends

Martha me dire qu'elle n'a pas éteint la lumière : c'est mon émotion qui a causé un court-circuit.

– Bien, dit le nœud papillon en pointant les notes qu'il a prises, il faut contacter les autorités israéliennes. Si la conscience de Lohenbrau s'est réfugiée dans ce tableau, Jérémie peut servir d'intermédiaire.

– Désolé, mais mon problème, moi, c'est Candice.

Mon ton cassant fronce leurs sourcils. Je précise que franchir leur mur de lumière, ça ne m'intéresse que pour retrouver la femme que j'aime dans les plus beaux moments de notre histoire. A aucun prix je ne remettrai ce casque à ventouses qui a saccagé mon rêve.

La rousse me regarde comme une erreur de calcul, se tourne vers Philippe Necker.

– Je t'avais prévenue, dit-il avec un sourire contrarié : c'est un affectif.

Il déglutit, puis baisse le front pour ajouter dans un effort :

– En définitive, je crois que la personne qui pourrait vraiment l'aider, c'est Chico.

Elle promène un ongle sous ses lèvres en le fixant d'un air surpris, avant d'incliner la tête de côté avec un mouvement de sourcil, comme pour apprécier une attitude fair-play. Le nœud papillon referme mon dossier en soupirant. Je demande qui est Chico. La rousse se lève, me fait signe de la suivre.

Je ne sais pas pourquoi, je me sens brusquement en confiance. Peut-être la manière dont Philippe Necker a prononcé « Chico » – cette intense nostalgie au fond de son œil... En un instant, il est redevenu l'homme déboussolé que j'ai connu à Venise.

– Dommage, me dit au passage le vieux monsieur avec regret. Vous étiez un bon sujet.

Dans l'ascenseur qui nous mène au sous-sol, Charlotte Lassalle-Hortiz me dévisage du coin de l'œil avec une sorte de défi ambigu. Je la suis dans un couloir où des alvéoles abritent des expériences en cours, des animaux en cage, des instruments de mesure. Elle m'ouvre une porte, me désigne un tétraplégique sanglé dans un fauteuil, le crâne relié à un terminal.

– Accident de moto, syndrome *locked-in*. Incapable de bouger ni de parler. Mais le centre de la parole fonctionne toujours. Pendant des semaines, nous avons suivi par IRM les signaux émis dans son cerveau lorsqu'il essaie d'articuler une voyelle qu'on lui montre. Puis nous avons mis au point un logiciel qui décode ces signaux et les transforme en sons. Quand il pense au mot qu'il essaie en vain de prononcer, la machine le prononce à sa place.

Elle lui dépose un baiser sur le front, entre deux électrodes, chuchote :

– Vous allez bien ?

– Oui, répond la voix de synthèse de l'ordinateur.

Elle se redresse, se retourne vers moi :

– Nous apprenons maintenant au décodeur à reconnaître les consonnes, c'est plus complexe, mais dans cinq ans notre ami pourra nous dire tout ce qu'il veut.

La gorge serrée, je demande :

– C'est lui, Chico ?

– Non. C'était juste pour vous montrer que, contrairement à ce que vous pensez, nous ne sommes ni des apprentis sorciers ni des arnaqueurs.

Elle repart sur ses hauts talons, dans les froissements de sa blouse. Arrivée au bout du couloir, elle me fait entrer dans une régie, m'assied devant un écran. Là, elle grossit l'image de l'expérience filmée en continu de l'autre côté de la vitre : une flaque de purée jaune vif dans un labyrinthe de verre.

– C'est la clé de votre problème, d'après Philippe. Un myxomycète, une moisissure unicellulaire. Nous étudions comment cet organisme évalue son environnement, prend des décisions, modifie son comportement en fonction des circonstances.

Elle pianote sur l'écran tactile pour faire défiler en accéléré des images d'archives.

– Il est capable de se déplacer par ondulation en poussant des tentacules dans toutes les directions, regardez… Lorsqu'un tentacule rencontre une impasse, il se rétracte et cherche une autre voie.

Elle pose ses ongles violets au creux de mon coude, achève d'une voix rauque :

– C'est un peu notre bébé, à Chico, Philippe et moi. Il n'a pas de cerveau, pas d'unité de traitement centrale ; juste des protéines qui circulent en transmettant de l'information. Mais le résultat est le même qu'avec un rat. Seule l'échelle de temps diffère : le rat met en moyenne quarante-cinq secondes pour résoudre le labyrinthe ; la moisissure mettra six mois.

Je réponds que c'est passionnant, mais je ne vois pas bien le rapport avec moi. En quoi une moisissure peut-elle m'aider à retrouver Candice dans le tableau ?

Elle me regarde en dessous avec un sourire en biais :

– Si vous refusez nos moyens technologiques, il vous reste un seul recours : le chamanisme.

J'ai quitté la Suisse après une nuit d'insomnie de luxe au Lausanne Palace. L'IRAP m'avait loué une chambre contiguë à celle de Philippe Necker ; à minuit, son ex est venue le rejoindre pour parler de mon cas, leur conversation a rapidement évolué en galipettes sado-maso derrière la cloison mitoyenne, et ce matin j'ai repris mon train tout seul.

Entre deux somnolences, j'étudie le dossier qu'ils m'ont préparé sur les états modifiés de conscience obtenus par les chamanes. Dans le civil, Chico Valdez est agent EDF. Il habite Mantes-la-Jolie, cité Vallon-Clair, bloc G, entrée 4. Je suis perplexe, mais ils m'ont dit que ce serait gratuit.

A l'arrivée du TGV, gare de Lyon, j'attrape une correspondance qui me dépose à l'heure du déjeuner dans une banlieue à énergies renouvelables, avec des éoliennes au milieu des voitures brûlées. Je marche un quart d'heure à travers des cités paysagées, où les maisons à un euro sortent du sol au pied des tours murées en attente de destruction.

Vallon-Clair est un poumon vert, disent les affiches qui essaient de vendre sur maquette numérique le terrain vague que j'ai sous les yeux, planté de huit mini-blocs en forme de poumons peints en vert. Les urbanistes ont même créé ce qu'ils appellent un « cœur de vie » : un cube vitré renfermant un faux hall d'immeuble avec boîtes aux lettres bidon, pour que les jeunes puissent se réunir, tagger et casser en toute liberté, sans encombrer les vraies cages d'escalier. Apparemment personne ne vient : c'est la seule partie commune intacte.

Devant les entrées sans numéros ni lettres, je parcours les noms des locataires inscrits sur des feuilles scotchées à la place des interphones. « Une part de moi vous envie, m'a dit Charlotte Lassalle-Hortiz quand j'ai quitté l'IRAP, hier soir. Les voyages que j'ai faits à Mantes sont bien plus beaux que tous ceux que je pourrais vous proposer ici. Mais, en tant que scientifique, il y a des choses que je suis obligée de m'interdire. »

Je sonne à l'appartement G 39. La porte s'ouvre sur un genre d'Indien en pantalon baggy et tee-shirt à tronçonneuse barrée d'un trait rouge. Les cheveux aux épaules, les yeux vitreux, un sourire décalé sur une bouche à trois dents, il me dévisage avec sympathie. Il a mon âge, et il a l'air d'avoir vécu cent vies avec sa tête de vieillard en terre cuite sur un corps de félin.

– *Curandero*, Jérémie, me dit-il en me serrant les coudes.

Je lui réponds *curandero*. Ça doit être l'équivalent de *shalom* ou *salam aleikoum*. Il me fait entrer dans une forêt tropicale où pourrissent des feuillages et des souches dans une touffeur moite. Il prend mon blouson, le suspend à une liane au milieu des cris d'oiseaux. On m'a prévenu : il a reconstitué dans son HLM des Yvelines l'Amazonie de son enfance.

Philippe et Charlotte l'ont rencontré au Pérou, dans le cadre d'une mission cofinancée par l'IRAP et l'université de Southampton : il s'agissait d'enregistrer les signaux de détresse de la forêt face au déboisement sauvage. Chico leur servait de guide. Il est reparti avec eux en Europe, sur ordre des arbres. « Chez vous, a-t-il dit aux chercheurs, ils sont plus en danger qu'ici ; vos champs magnétiques sont pires que nos tronçonneuses. »

Il m'invite à m'asseoir sur l'une des souches moisies qui sert de pouf. D'un clic sur une télécommande, il éteint les oiseaux tropicaux. Puis, sans préambule, il m'offre un liquide vert sombre, épais, terriblement amer. La main animée d'un mouvement circulaire, il m'indique de boire sans m'arrêter jusqu'au dépôt blanchâtre qui me déclenche une quinte de toux. Après quoi, il me roule une cigarette avec un mélange d'herbes et de plantes mixées, en me présentant chacun des composants comme une personnalité que je salue. Charlotte m'a mis en garde : les plantes sont extrêmement susceptibles, et n'ouvrent pas les portes de l'esprit à n'importe qui.

Chico allume le joint géant qui ressemble à un saucisson déstructuré, me le tend.

– Normalement, l'initiation à l'ayahuasca dure six mois, mais Charlotte m'a dit que tu étais pressé. Je l'ai expliqué aux plantes, avant que tu arrives. Elles sont d'accord sur le principe. Tu as déjà consommé de la drogue ?

– Non.

– C'est mieux. Car ça n'a rien à voir. C'est l'amour qui va te faire voyager, pas la substance. A mesure que l'ayahuasca pénétrera ton être, tu te sentiras sous la protection d'une plante maîtresse. Tu lui demanderas son nom, et elle te le donnera. Ou pas.

J'aspire une bouffée du mélange. C'est parfumé, puissant, un peu âcre.

– Au début, dit-il en me regardant fumer, Charlotte me rejoignait tous les week-ends. C'est pour elle que j'ai reconstitué ma forêt, pour qu'elle continue à partager ce qu'on avait connu là-bas. Tu sais, l'abstinence sexuelle est indispensable pour vraiment voyager avec les plantes. Mais, en échange, tu n'imagines pas encore tout ce qu'on peut découvrir à deux...

Sa nostalgie diffuse un bonheur communicatif. S'il a été le rival de Philippe Necker, il est surtout son contraire. Ce qu'il ne vit plus au présent l'illumine de l'intérieur.

Il me demande des nouvelles de Myxo. Je suppose qu'il s'agit de sa moisissure en stage à Lausanne. Je réponds qu'elle va bien. Il est fier d'elle. Il me montre sa mère : le même genre de flaque de purée jaune dans un saladier carré.

– Elle dort. Quand elle manque d'eau, elle se met en état de sommeil, alors elle s'assèche totalement, elle se lyophilise, et elle peut vivre indéfiniment. Pour la réanimer, il suffit de l'humecter.

J'assimile en avalant la fumée. Jusqu'à présent, je ne ressens rien de spécial. Une vague détente. Il m'explique comment il a découvert l'incroyable pouvoir de cette morve unicellulaire qui lui a demandé, mentalement, de venir avec lui en Europe. Un jour qu'il lui donnait à manger, il s'est aperçu que s'il répandait au hasard autour d'elle ses flocons d'avoine, elle formait des tentacules pour se relier aux sources de nourriture. Il a ensuite mis au point le protocole du labyrinthe à Lausanne, avec les chercheurs de l'IRAP. C'est là qu'il a rencontré Nakagaki, le spécialiste mondial de la psychologie des moisissures, avec qui il a publié dans *Nature* l'article que j'ai lu dans le train. Il souligne que c'était la première fois que la célèbre revue scientifique parlait d'intelligence à propos d'une espèce végétale. En fait Myxo est un carrefour de l'évolution : elle se reproduit par spores comme un champignon, se déplace comme un animal et hiberne comme une soupe en sachet. Chico la considère comme sa guide spirituelle.

– C'est elle qui, en songe, m'a fait entrer à EDF.

Avec son sourire en créneaux, il m'explique que son rôle consiste à expliquer aux branches supérieures et aux haies de thuyas du secteur Mantes-Les Mureaux que, si on les taille, c'est pour leur bien, sans quoi le contact des lignes électriques leur causerait des perturbations dans la sève et les tanins. C'est une mission modeste, se réjouit-il, mais nécessaire à la survie de l'humanité. Seuls les arbres peuvent nous protéger des champs magnétiques qui attaquent notre cerveau – encore faut-il les sensibiliser au problème.

– Le but de toute vie est de faire circuler l'information, Jérémie. Par l'amour, l'intelligence ou le conflit. C'est pourquoi tu dois retourner t'expliquer dans ton tableau, demander aux esprits par des moyens naturels ce qu'ils attendent de toi exactement, et négocier avec eux. Parfois ils te réclament l'impossible, et tu dois faire une épreuve de force pour obtenir des aménagements. N'oublie jamais que les esprits du règne végétal sont les patrons, mais que sans nous ils ne peuvent pas grand-chose. L'animal humain est le rêve des arbres. C'est pourquoi ils lui ont inventé l'oxygène.

Il me prend la cigarette, aspire une longue bouffée, me la rend. Les yeux fermés, il fait tourner la fumée dans sa bouche comme on goûte un vin.

– Ça se présente pas mal, Jérémie. Ils te sentent bien. Ils t'acceptent.

– Pardon, mais quel est le rapport entre mon tableau et le règne végétal ?

Le chamane rouvre les yeux, me considère avec la sagesse tranquille des grands shootés. Son français d'université ondule à nouveau, entre l'accent espagnol et la rythmique des banlieues :

– Un tableau est vivant, Jérémie. Les pigments naturels, les micro-organismes, les poussières, les moisissures qui le composent ou le colonisent… Ils ont tous conscience d'appartenir à une *œuvre*, comme nous autres humains nous devrions toujours nous sentir reliés à tous les éléments de la Terre, au service d'un dessein global. L'une des plantes maîtresses que tu es en train de fumer va se connecter avec les micro-organismes habitant ton tableau à Venise. C'est eux qui vont agir comme relais de transmission et te projeter dans l'univers de Marguerite.

– Magritte.

– Comme tu veux. Ce n'est pas le créateur qui importe, c'est la création.

Une migraine diffuse commence à me serrer les tempes. Je le lui dis. Il me répond que c'est bon signe.

– Tu vas chanter avec moi l'*icaro*. Les plantes le reçoivent comme une nourriture, un remerciement. *Ahi... sacahua... ahi... naï-naï...*

Je fredonne à sa suite, m'appliquant à chanter aussi faux que lui.

– Avale la fumée quand tu chantes. Invite les esprits de la forêt à s'unir aux notes.

Il ajoute dans un souffle :

– Et quelles que soient les visions que tu auras, n'oublie jamais que tu n'es pas seul à rêver. La plante rêve avec toi.

La mélodie me fait vibrer le gosier, l'estomac, la nuque, les fesses... J'ai l'impression de décoller peu à peu de ma souche. La migraine est devenue comme un tapis de mousse où mes pensées s'enfouissent avec douceur. Je vois passer une araignée géante devant mes pieds. Je demande si c'est un effet de l'ayahuasca.

– Non, c'est Gaby. N'aie pas peur, elle ne t'attaquera jamais, sauf si un humain tue son conjoint. Alors elle entre en guerre contre l'espèce entière. Les narcotrafiquants ont souvent recours à ses services, dans mon pays : une mygale veuve, c'est la plus propre des armes mortelles. Tu te sens bien ?

– Très. C'est normal ?

– Oui. Ferme les yeux. Décris-moi l'intérieur de ton corps.

– C'est comme une forêt où la lumière passe à peine. Trop de feuilles, les arbres trop serrés, trop hauts…

– Ecarte les branches. Monte le long d'un tronc. Tu y vois mieux ?

– Oui

– Tu aperçois le ciel ?

– Oui.

– Décris-le.

– Il est bleu. Clair. Quelques nuages.

– Comment s'appelle ton arbre ?

– Chêne.

– Il te parle ?

– Non. Enfin, j'ai entendu « chêne ».

– C'est ton guide. Ta plante maîtresse. Dis-lui merci.

– Merci, chêne.

– Redescends, maintenant. Qu'est-ce que tu éprouves ?

– Pardon ?

– Ne m'entends plus, c'est bien. Ne parle plus. Descends le long du tronc, et regarde autour de toi.

Mon pied touche une branche qui se déploie en direction de la maison. Je rampe jusqu'à l'une des fenêtres orange, demande au chêne de me l'ouvrir. Les vitres éclatent sous la poussée du bois. Je tombe assis dans la chambre d'amour. Martha me regarde avec sévérité.

– C'est une façon d'entrer, ça ?

Je me relève. Face à la glace murale où se reflète *La Femme intérieure*, Miss Vincennes est couchée sur le lit de Candice, nue. Elle se caresse lentement en m'observant. Je détourne les yeux.

– C'est elle, l'avenir ! me lance Martha. Candice, c'est du passé ; laisse-la tranquille.

Je proteste, elle m'engueule :

– Mais avec quoi tu es venu ? Enlève-moi ces saletés !

Des spores jaillissent à chacun de mes pas, libérant des champignons qui poussent en éclatant les lames du parquet. Le papier peint se décolle sous la vigne vierge qui sort des murs. Enlacée par les lianes tombées du plafond, Martha me crie de retourner d'où je viens. Ma branche maîtresse envahit la chambre pour la faire taire. Les bourgeons éclosent dans sa bouche.

– Va-t'en ! hurle-t-elle en saccageant les jeunes pousses qui se transforment en tentacules.

– Redonne-moi Candice !

– C'est toi qui la perds en la cherchant comme ça, crétin !

– Dis-moi ce que tu me veux, alors !

– Retrouve-moi en vrai !

Il se met à neiger des cafards à chapeau melon. Je les chasse à grands moulinets, tandis que la purée jaune absorbe la lumière orange. Tout est vert, à présent, moite et sombre. Martha et la Miss ont disparu. Le chêne rétracte sa branche, s'éclipse par la fenêtre qui se répare en accéléré et se referme.

– Retrouve-moi en vrai !

Je relève le nez de la mousse verdâtre. Je suis couché dans une flaque de vomi. Des mains me redressent, m'essuient, m'allongent sur le dos.

– Ce n'est rien, Jérémie. La première fois, c'est normal. Tu es content du voyage ?

Les larmes jaillissent de mes yeux, des sanglots

secouent mon ventre, je vomis de la fumée, je retombe en arrière, épuisé.

J'ai dormi vingt-quatre heures. Quand j'ai refait surface, couché sur un lit de branchages, trempé par les buses de l'arrosage automatique, Chico Valdez n'était plus là. Il m'avait laissé un mot que j'ai réussi à déchiffrer, malgré l'encre diluée :

Tu as des tee-shirts propres dans la malle en bambou, de la chicorée dans le Thermos et des croissants au congélateur. Je suis en démoussage pylône à Aubergenville, je rentre à 16 heures. Les plantes m'ont confirmé qu'elles seraient très heureuses de repartir avec toi.

J'ai évité de prendre une douche, à cause du couple de mygales qui faisait l'amour dans le bac. Je me suis lavé au-dessus de l'évier, j'ai laissé vingt euros pour le tee-shirt, un mot de remerciement, et je suis parti.

A la sortie du métro, j'engloutis un petit-déjeuner géant à la terrasse d'une brasserie de Saint-Germain-des-Prés. Je n'ai rien contre les plantes, mais c'est bon de revenir parmi les hommes.

Depuis que j'ai repris le contrôle de mes pensées, je n'arrête pas de me dire que je fais fausse route. Ce n'est pas en me shootant aux ultrasons et aux végétaux que je renouerai avec Candice, au contraire. « C'est toi qui la perds en la cherchant comme ça ! » répète constamment Martha dans ma tête. Voilà tout ce que je retiens de mon expérience chamanique. Le fait de retrouver Martha Beckmann « en vrai », comme elle me l'a demandé, me rendra-t-il Candice ? Y a-t-il un lien entre elles, que je ne découvrirai qu'au terme de ce jeu de piste ?

L'étape suivante, en tout cas, c'est le marchand

d'art dont les renseignements viennent de me donner l'adresse.

J'ai descendu la rue de Seine, et je suis entré dans la galerie où une exposition de collages sur des photos déformées affichait des prix de folie.

Maurice Herbulot discutait avec un attaché de presse. C'était un raffiné à crinière blanche et couperose, qui faisait dix ans et vingt kilos de plus que sur le dos de ses livres. J'ai admiré son expo d'un air solvable, puis, quand son interlocuteur est parti, je me suis renseigné sur la cote de ses artistes à l'étranger, pour le mettre en confiance. Après quoi, je l'ai orienté vers Magritte, à qui il avait consacré trois études critiques.

Le galeriste m'a répondu avec ardeur, sur le ton précieux des grands témoins de l'Histoire. Apparemment, il était encore plus heureux de parler à un lecteur qu'à un client. Son père avait bien connu le peintre, et lui-même se souvenait des soirées magiques au Perreux-sur-Marne, où Magritte refaisait le monde avec Dalí, Eluard et Breton. Du bout de la voix, j'ai lâché le nom de Martha Beckmann. Il a haussé un sourcil. Son père l'avait croisée deux ou trois fois, oui. C'était la veuve d'un marchand de fourrures, qui avait acheté à Magritte l'une des premières toiles surréalistes qu'il jugeait réussies, en 1927. J'ai dit malgré moi :

– *La Femme intérieure.*

Il a sursauté. Soudain je dépassais le statut de simple auditoire. Les yeux dans les yeux, il m'a demandé lentement :

– C'est un tableau que vous connaissez ?

– Oui. Enfin, je l'ai vu.

Il a bondi :

– Où cela ?

J'ai hésité. J'ai préféré dire que c'était personnel. Il m'a dévisagé avec une suspicion qui s'est changée peu à peu en connivence.

– Si c'est bien la toile à laquelle je pense, vous savez que la plupart des experts la considèrent comme perdue à jamais ?

J'ai observé un silence énigmatique, en m'efforçant de filtrer entre mes cils un maximum d'ironie. Il a insisté :

– On n'en possède même aucune photo. Plusieurs témoignages prétendent qu'elle aurait été détruite à la fin de la guerre : l'occupant nazi l'aurait réquisitionnée…

– Jürgen Lohenbrau. Actuellement détenu en Israël.

Il a tourné brusquement le visage vers les deux hommes qui regardaient sa vitrine. Lorsqu'ils se sont éloignés, il a replongé ses yeux dans les miens avec une attention accrue :

– Je vois que nos sources se recoupent. Pour certains, avant d'être arrêté, il aurait fait sortir de Bolivie *La Femme intérieure*, dissimulée sous une autre toile de Magritte.

Quelque chose s'est noué dans mon ventre. J'ai articulé avec lenteur :

– *L'Empire des lumières*...

La précision a rendu son visage aussi blanc que sa crinière.

– Il s'agit d'une hypothèse ou d'une information ?

J'ai répondu par un mouvement de sourcils. Mon émotion était trop forte pour que je puisse ajouter un mot. Il m'a fixé d'un regard rétréci.

– Vous êtes allé au Perreux, n'est-ce pas ? Dans la maison. Qui vous a renseigné ? Vous avez trouvé des archives ?

J'ai détourné les yeux. Il m'a entraîné au fond de sa galerie. Il a jaugé un instant mon look de plouc, blouson de cuir râpé sur un tee-shirt à palmiers, puis il m'a demandé si j'agissais en tant qu'intermédiaire.

Je n'ai pas démenti. D'un ton de complot, il a voulu savoir si j'avais d'autres éléments à lui confier. J'ai accentué mon air mystérieux pour ne pas le décevoir, mais c'est lui qui m'avait mis sur une piste.

– Sachez que je suis acheteur, monsieur, immédiatement, et à n'importe quel prix.

J'ai fait l'étonné par rapport à la famille éventuelle, aux compagnies d'assurances. D'un air entendu, il a répondu :

– On s'arrangera.

J'ai dit que j'en prenais bonne note, et je suis reparti vers le métro en emportant sa carte.

C'est au Perreux-sur-Marne que j'avais rendez-vous avec le fantôme de Martha, j'en étais sûr à présent. Durant le trajet, je me suis fait tout un film. J'emmenais Candice au Luxembourg, chez les héritiers de l'escroc suicidé, on missionnait des experts, on faisait saisir le faux *Empire des lumières* par la police, on découvrait en dessous *La Femme intérieure*, et on rendait la toile à ses propriétaires, les descendants de Martha. Avec la récompense, on s'offrait notre cadeau de mariage.

J'étais à deux doigts d'y croire, comme si l'addition de situations improbables augmentait le champ des possibles.

A la sortie du RER, on a le choix entre Nogent-sur-Marne à droite et Le Perreux-sur-Marne à gauche. J'essaie de m'orienter entre deux graffitis sur le plan de la ville, puis je descends le boulevard Ledru-Rollin sur un petit kilomètre. Il fait beau, il fait froid, et je suis attiré comme par un aimant vers l'avenue Général-de-Gaulle. Je touche au but, je le sens. Mais le but de quoi, je l'ignore.

Au carrefour, je repère les numéros, je tourne à gauche. C'est une artère commerçante banale, avec des arbustes en bac neutralisant les places de stationnement. Au 149, une plaque de granit rose est apposée sur un bâtiment de quatre étages, entre une laverie et une boutique qui vend de la climatisation réversible :

ICI A VÉCU LE PEINTRE RENÉ MAGRITTE
DE 1927 À 1930.

« Ici a vécu » signifie sans doute « A cet emplacement habitait ». On a dû raser la maison pour construire cet immeuble en brique. Mon euphorie est retombée d'un coup. Si c'est la dernière étape du jeu de piste, ça m'a tout l'air d'être une impasse. Je m'étais attendu à un musée, une reconstitution fidèle du décor de l'époque où Magritte faisait les cent coups avec Dalí. La grande période des surréalistes, avant que le mouvement ne devienne un conseil de discipline prononçant des blâmes et des exclusions – Magritte lui-même s'était retrouvé excommunié par André Breton pour « collaboration avec le réalisme », et avait préféré retourner vivre en Belgique où la fantaisie n'obéissait pas encore à des normes.

J'avais révisé son œuvre, je m'étais préparé à séduire le conservateur – certainement un passionné désintéressé qui m'aurait fourni la logistique : procédure à suivre, lettres de recommandation pour la police luxembourgeoise, adresses d'experts honnêtes… Mais là, dans cette résidence impersonnelle et modeste, à quel interphone sonner ?

La roue d'une poussette monte sur mon pied. Je m'efface de l'entrée pour laisser passer la dame qui sort ses clés, accablée entre ses filets à provisions et les cris de son môme. Par acquit de conscience, je lui demande :

– Pardon, madame, vous connaissez Magritte ?

– Je n'ai besoin de rien, merci.

– Il n'y aurait pas un de ses amis de l'époque, un spécialiste qui… ?

Elle me referme au nez la porte de l'immeuble. A quoi bon insister ? De mauvaises routes en fausses pistes, je perds mon temps, mon énergie, mon but.

Je reprends Ledru-Rollin en direction du RER. Il me reste cinq heures à tuer avant mon train pour Arcachon. Je pourrais pousser jusqu'aux Champs-Elysées pour embrasser ma mère, mais le « Quoi de neuf ? » qui lui tient lieu de « Bonjour » m'en dissuade. Je n'ai pas le courage d'affronter dans ses yeux le désert de ma vie, le dérisoire du rêve qui me ballotte de manipulateurs en illuminés, de gourous en magouilleurs.

Il est temps d'éteindre les lumières de *L'Empire*. D'oublier le cauchemar végétal et le monde superlumineux pour me réinsérer dans le gris terne. Tirer un trait sur Candice et le violoncelle, épouser une insignifiante qui me fera des enfants déductibles, m'endetter sur trente ans pour acheter une boulangerie ; arrêter de fantasmer au-dessus de mes moyens…

Quel gâchis, quand même. Tout ce chemin pour si peu… Une simple boucle qui ramène à soi. Il ne me reste plus qu'à accepter ce que je suis, rien de plus, et faire avec. Mon destin n'est pas de me jeter par les fenêtres d'un tableau. Ou je me fous en l'air, mais à quoi bon, ou j'essaie de vivre dans le monde réel une vie normale – de « me contenter », comme on dit.

J'en suis là de mon bilan lorsque mon regard accroche, machinalement, la vitrine d'une agence immobilière. Je m'arrête d'un coup, tamponné par un type à cartable qui m'engueule :

– Pouvez pas regarder derrière vous ?

Je ne réagis pas. C'est bien elle. En tout cas, elle a les mêmes volumes, derrière le même lampadaire et le même arbre, bien que ce dernier ait grandi au point de fausser les proportions. La lisière de forêt à l'arrière-plan est remplacée par une supérette, les fenêtres sont éteintes mais la ressemblance est là, confirmée par une mauvaise photocopie du tableau placardée en regard de l'annonce.

HABITER UNE TOILE DE MAÎTRE, C'EST POSSIBLE !
VOUS RÊVEZ D'ÊTRE CHEZ VOUS DANS L'UNIVERS
DE MAGRITTE ? *L'EMPIRE DES LUMIÈRES* EST À VENDRE !
8 PIÈCES, 3 S-D-B, GRANDE CUISINE, GARAGE.
EN ÉTAT D'ORIGINE. TRAVAUX À PRÉVOIR.

Un frisson dans la nuque, le ventre noué par un trac intense, je laisse aller mon front contre la vitrine. Alors c'était ça, le but du jeu ? Retrouver dans la réalité le modèle du tableau qui hante mes rêves ? Mais pour quoi faire ?

Le cœur battant, j'ouvre la porte et me dirige vers le bureau où téléphone un survolté en bras de chemise. Lorsqu'il a fini sa négociation, je l'interroge sur la référence M 212.

– Désolé, vous arrivez trop tard. On signe la promesse après-demain.

La nouvelle me consterne autant qu'elle me rassure. Avec quoi aurais-je acheté la maison qui a inspiré Magritte – ou que ses propriétaires ont relookée dans cet esprit, en vue d'une plus-value auprès d'un collectionneur ou d'un artiste ? Je demande si l'acquéreur est du métier. L'agent immobilier acquiesce : c'est en effet un promoteur qui va raser pour construire un ensemble de bureaux.

– Mais si vous êtes intéressé par ce type de produit, j'ai un emplacement encore plus attractif qui vient de rentrer, au même prix, avec un POS moins contraignant et la vue sur les bords de Marne.

Mon signe de tête arrête ses doigts qui pianotent déjà sur son ordinateur. Je désigne le dos de l'affiche sur la vitrine :

– Où est-ce ?

Il clique pour consulter la fiche sur son écran, me donne l'adresse, décroche son téléphone qui bourdonne.

– Le Perreux Immo-Top, bonjour.

Je ressors, demande mon chemin, tourne à droite au bout de quatre cents mètres. L'avenue du 11-Novembre est un morceau de passé en sursis truffé de blocs neufs et d'affiches de chantier, entre des villas coloniales, rococo ou gothiques envahies de vigne vierge et de rosiers grimpants.

Les pièces du puzzle s'assemblent peu à peu dans le soleil froid du trottoir. Je n'ai plus qu'une phrase en tête : le tableau dans le tableau. Si je l'ai vu en rêve avec tant d'insistance, et si la maison peinte existe en vrai, alors *La Femme intérieure* est cachée dans *L'Empire des lumières.*

Je m'arrête devant la grille en fer rouillé. Dans la réalité, la bâtisse paraît à la fois plus grande et moins imposante. Tous les volets sont fermés, aucune lumière ne filtre par les interstices. Dans le jardin à l'abandon, de part et d'autre du grand arbre, deux bennes à gravats attendent les souvenirs au milieu des herbes folles. Autre différence avec le tableau, il y a une porte d'entrée, surmontée d'un auvent. Elle est entrebâillée. Un bruit de tournevis électrique résonne à l'intérieur. Juchés sur le muret de clôture, trois chats errants miaulent en me regardant d'un air de reproche.

J'ouvre la grille, avance en retenant mon souffle jusqu'à la porte. J'hésite à toquer, pousse le battant. Une âcre odeur de litière me prend à la gorge. L'ameublement est vieillot, anodin, poussiéreux. Portemanteau en bois de cerf, buffet sculpté, guéridons, napperons, abat-jour à pompons... Rien n'évoque l'intérieur du tableau où me conduisent mes rêves.

Entouré de cartons de livres, un homme de dos est en train de dévisser des étagères au fond du vestibule. Le parquet craque sous mes pieds. Il se retourne.

– Vous désirez ?

Je le prie d'accepter mes excuses : je n'ai pas trouvé de sonnette.

– C'est à quel sujet ?

Sur la pointe de la voix, je lui demande s'il connaît Martha Beckmann. Il sursaute.

– Pourquoi ?

Tournevis en main, il me scrute avec une méfiance qui bascule dans l'espoir, avant de se transformer en tristesse de façade.

– Il est arrivé quelque chose ?

J'en conclus que Martha est toujours de ce monde.

En ravalant mon émotion, je demande s'il serait possible de lui parler. Il se referme aussitôt. Il répète :

– A quel sujet ?

Je lui dis que j'écris un livre sur Magritte. Il se détend.

– Ah, je comprends. C'est pour cela que vous l'appelez Beckmann.

Je fronce les sourcils. Il précise qu'après son évasion d'Allemagne, sa tante a repris son nom de jeune fille : Richet. Je laisse passer trois secondes, puis je hoche la tête d'un air compatissant. J'enchaîne que j'aimerais vérifier certains points, pour ne pas écrire de bêtises, auprès de celle qui fut l'amie de Magritte.

Il sonde encore une fois mon visage, répond que c'est hélas impossible : je me suis dérangé pour rien, j'en jugerai par moi-même. Je m'attends à ce qu'il m'entraîne vers l'escalier, mais il me reconduit dehors en sortant son agenda.

– Je vous donne son adresse.

Porte de Vincennes, le Jardin des Muses est une construction en béton tubulaire, hésitant entre la maternelle, le centre des impôts et la maison d'arrêt. L'intérieur sent la mort lente et les prestations de luxe.

Au comptoir d'accueil, on me remet un badge « visiteur ». L'ascenseur me hisse au troisième étage, et j'arpente le couloir en suivant les flèches.

– Bonjour, madame.

Pas de réponse. La pensionnaire de la chambre 329 est une petite chose recroquevillée de côté dans un lit médicalisé. A mon échelle de temps terrestre, elle a vieilli de soixante ans en vingt-quatre heures, et pourtant je l'ai reconnue immédiatement. C'est elle qui me regarde comme un étranger.

Sur la table de chevet, dans un cadre en cuir, trône la photo en noir et blanc de sa maison. Dans son tailleur pied-de-poule, elle défie le photographe au milieu d'une flopée de chiens et chats. Le seul vestige de sa beauté d'autrefois, c'est ce brushing aérodynamique en longues vagues et rouleaux serrés – la photo doit servir de modèle à la coiffeuse de la maison de retraite.

Elle geint continuellement, repliée sur sa douleur. Toutes les deux ou trois minutes, quand le passage du métro ébranle les murs, elle bredouille d'une voix butée par la souffrance :

– Je veux rentrer chez moi.

J'observe son visage immobile, mâchoires serrées, regard fébrile. Perçoit-elle ma présence, dans la réalité ? Ou sa conscience s'est-elle exilée définitivement, pour moins souffrir, dans l'imaginaire de Magritte ?

Le médecin est pessimiste. Mais ça fait six mois qu'elle est là, et son état est stationnaire. Végétatif n'est pas le mot, ajoute-t-il, sauf si l'on admet la souffrance des végétaux.

Il me demande si je suis de la famille. Je fais non de la tête. Il dit que c'est dommage : elle n'a que son neveu, et il ne vient jamais. Pourtant, elle ne lui coûte rien : elle paye ses frais de séjour par prélèvement automatique sur son compte courant. Sa seule distraction, soupire-t-il, c'est la coiffeuse une fois par semaine.

– Vous êtes quoi, alors ? Un ami ?

Je refais mon numéro d'écrivain recherchant les compagnons de route de Magritte. Il lève un sourcil pour tout commentaire. Et il me donne de Martha une biographie qui n'a rien d'artistique : maladie de Charcot-Marie, dégénérescence musculaire, affection des terminaisons nerveuses comme dans la sclérose en plaques, avec des pics de douleur encore plus aigus. Il n'y a rien à faire, aucun traitement n'existe, et elle est allergique à tout ce qui pourrait la soulager. Sauf le paracétamol, qui la rend totalement amorphe dans les rares moments où les douleurs se calment. De toute manière, conclut le médecin comme pour se rassurer, elle s'est fermée au genre humain depuis un demi-siècle : elle ne communiquait plus qu'avec les chiens et les chats errants qu'elle recueillait par dizaines dans sa maison du Perreux. Je demande :

– Vous la connaissiez… avant ?

– Non. C'est la coiffeuse qui me l'a dit. Bambi. C'est la seule qui a réussi à créer un contact.

Martha nous interrompt par une longue plainte qui rappelle celle des loups. Je referme les doigts autour de son poignet tout frêle. Elle ne réagit pas, les yeux rivés sur la maison où elle fuit les tortures de son corps.

Le docteur vérifie la perfusion, et s'en va pour continuer ses visites. Il se retourne sur le seuil.

– Vous savez, me dit-il soudain sur un ton agressif, la grande question que les médecins refusent de se poser, parce qu'ils n'ont pas la réponse, c'est celle-ci : à un tel stade de déclin, de détresse et de souffrance, qu'est-ce qui maintient les gens en vie ? Et pour quoi faire ? Hein ?

J'ai soutenu son regard. J'avais une réponse, mais je l'ai gardée pour moi. Martha entretenait les lumières de sa maison. Qu'aurions-nous fait sans elle, dans le tableau ?

Il est parti. Je reste immobile, incertain. J'ouvre le placard. Un seul cintre, avec le vieux tailleur pied-de-poule, déformé, poché, usé jusqu'à la trame. Sa tenue de sortie. D'entrée, plutôt.

Je suis revenu près du lit. J'ai pris dans ma poche la carte postale de *L'Empire des lumières* qui ne me quittait pas, je l'ai approchée de son visage. Ses rides creusées par la douleur ont tressailli, sans expression particulière, comme on réagit à un changement de température.

J'ai regardé la télé qui marchait en silence. Peut-être qu'elle avait vu l'émission *Quand j'étais star*, le mois dernier. Peut-être qu'elle m'avait choisi. Qu'importaient les causes et les moyens : j'avais répondu à son appel, je tenais son sort entre mes mains.

Elle a tourné vers moi des yeux implorants, puis son regard s'est abîmé dans le tableau sur ma carte postale. Que voulait-elle de moi ? Que je l'aide à retourner chez elle, pour mourir au milieu des bêtes qui lui avaient fait oublier la cruauté des hommes ? Elle n'était pas venue ici de son plein gré, c'était une évidence. Sans doute son neveu lui avait-il fait signer à son insu des papiers qui l'autorisaient à vendre sa maison.

J'ai rangé ma carte postale, remonté le drap sur son épaule, et je suis sorti dans le couloir. Sur le mur de l'ascenseur, j'ai regardé le planning des activités. La coiffeuse venait le lendemain. De toute manière, j'avais déjà raté mon train.

J'ai pris une chambre d'hôtel avenue de Paris, à Vincennes, et j'ai appelé Me Fouques, un des amants de ma mère. Il était ravi de m'entendre. Il m'avait fait sauter sur ses genoux, au temps où il rédigeait mes contrats de comédien. Je lui ai exposé le cas de mon amie Martha. Il a répondu que le motif de plainte tombait sous le sens : abus de faiblesse.

Voilà. Quand je suis revenu le lendemain, j'ai rencontré Bambi. Elle était en train de laver les cheveux de Martha, dans la salle de bains qu'elle avait transformée en mini-salon de coiffure : bac de rinçage, ligne de soins, bigoudis, séchoir électrique et peignoir en nylon où disparaissait la vieille dame. Elle lui chantait une chanson de Charles Trenet en roulant des yeux pour la faire sourire. Quand elle m'a vu sur le seuil, elle m'a dit bonjour au milieu d'un couplet, puis m'a demandé qui je cherchais. Elle ne me reconnaissait pas, elle non plus.

– Mais c'était la Miss Vincennes qui s'était caressée devant toi dans *mon* Magritte.

Je referme la bouche, impressionné par la rapidité de sa déduction. Les joues dans les mains, Candice m'écoute depuis une heure sur la terrasse en teck de Chez Noël, à la sortie d'Arcachon, une de nos vieilles adresses d'amoureux. Son visage a rajeuni au fil de mon récit, de Venise au Perreux-sur-Marne en passant par Lausanne et l'Amazonie de Mantes-la-Jolie. Nous en sommes à la deuxième bouteille de graves, nous avons fait revenir un plateau de fruits de mer et le soleil décline au loin sur la dune du Pilat.

En finissant ma pince de crabe, je lui dis que le juge des référés vient de casser la promesse de vente : nullité de la procuration obtenue par extorsion de signature. Le neveu a été mis en examen pour abus de faiblesse, et Martha est libre de rentrer chez elle. D'autant qu'elle ne sera pas seule.

– Parle-moi d'elle.

Inutile de demander qui désigne ce « elle ». Bambi est née au Congo, elle avait six ans quand sa famille s'est fait massacrer à coups de machette. Une mission humanitaire l'a ramenée en France. Aujourd'hui, à vingt ans, avec son CAP de coiffeuse et son titre de Miss, elle partage son temps entre les sans-espoir des soins palliatifs et les sans-abri du bois de Vincennes.

– La France, elle m'a aidée, a-t-elle dit avec son grand sourire en recevant sa couronne, alors maintenant qu'elle devient sous-développée, moi aussi je l'aide.

– Oui, je l'ai vue batailler aux infos, cet hiver,

interrompt Candice. Toi aussi, sûrement. Tu as flashé sur elle, et résultat…

Une curieuse jubilation brille dans son regard. Je lui demande si elle est jalouse.

– Un peu, je crois. Et j'aime bien. Ça prouve que… Rien. Continue.

Dans un mélange d'approbation et de nostalgie, elle m'écoute raconter comment l'agitatrice du bois de Vincennes, avec son port de reine et son phrasé de rappeuse, a gagné la confiance des deux cents SDF réfugiés sous les arbres pour fuir la violence des trottoirs et des centres d'hébergement. Sa gaieté combative, son humour provoc et ses mensurations de rêve soulèvent des montagnes, agacent les pouvoirs publics, déchaînent les médias. Plutôt que d'exiger, comme les associations traditionnelles, la réquisition des logements vacants, elle vide les maisons de retraite. Beaucoup de pensionnaires qu'elle coiffe n'aspirant qu'à retrouver leur chez-soi, elle transforme les sans-domicile-fixe en auxiliaires de vie.

La première fois que j'ai vu sourire Martha, en dehors du tableau, c'est quand je lui ai montré la photo des cinq chiens et chats qui, avec leurs maîtres, redonneront vie à sa demeure quand elle y rentrera. A son décès, la maison des lumières conservera sa vocation de foyer d'accueil.

Bambi et moi avons écumé pendant deux jours les services socio-administratifs, pour mettre sur pied l'organisation nécessaire. Elle était intarissable avec les chefs de bureaux. Elle leur racontait les exploits de Martha dans la Résistance, son arrestation, sa déportation vers Auschwitz, la mère de famille aux jambes brisées qui, dans le wagon, la suppliait de sauver son bébé, alors Martha avait sauté du train au-dessus d'une rivière, malheureusement le bébé n'avait pas survécu à la chute, et elle ne s'en était jamais remise. J'ignorais si la vieille dame lui avait confié tout cela, entre deux brushings et trois crises de douleur, ou si Bambi inventait pour obtenir des rallonges de crédits. En tout cas, ça marchait.

– Tu as fait l'amour avec elle ?

Le point d'interrogation est à peine esquissé. Le regard souriant de Candice m'encourage. Il y a une telle attente, un tel espoir dans sa voix que je n'ose pas la détromper.

– Raconte-moi, murmure-t-elle.

Je m'écoute mentir dans ses yeux, inventer des circonstances atténuantes, une nuit de folie, une étreinte sans lendemain qui s'achève dans une admiration intacte. C'était bien, mais c'était hors sujet.

– Tu n'as pas envie de la revoir ?

– C'est toi que je regarde, Candice. Tu sais très bien que tu es la femme de ma vie.

– Mais j'avais besoin que tu aies eu quelqu'un d'autre.

Je savoure en silence sa concordance des temps. Pour la première fois, je sens qu'elle envisage un avenir avec moi. On a su évoluer, l'un sans l'autre, tout en restant les mêmes quand on se retrouve. C'était ce qu'elle attendait de moi ; j'ai mis du temps à le comprendre. Il m'a fallu un arrêt du cœur, trois sorties de corps, une overdose de plantes et une Miss congolaise pour redevenir l'homme qu'elle aime. Ses doigts se nouent aux miens.

– J'adore que tu me parles de Bambi. J'adore la sentir en toi, vivante… neuve. Je n'en pouvais plus que tu me renvoies l'image d'un cimetière, Jérémie. Que tu m'aies embaumée dans ton cœur, que tu portes mon deuil comme un reproche vivant…

Je baisse la tête. Comme quoi, la fidélité… Le serveur vient finir la bouteille dans nos verres, nous pose une question qu'on n'écoute pas, repart. Candice ne me quitte pas des yeux. De mon côté, la nuit torride que je me suis inventée avec Miss Vincennes commence à créer une surimpression un peu gênante. En fait, la seule intimité que j'ai partagée avec elle, c'est un menu Big Mac au Perreux-sur-Marne. C'est là qu'elle m'a confié, sous le sceau du secret, que Martha n'avait eu qu'un amour dans sa vie : ce René avec qui elle parlait toute seule en dormant. J'ai pensé à Georgette, son épouse rencontrée à quinze ans dans une fête foraine – une passion exclusive, inusable, étouffante. Bambi m'a demandé : « Et toi ? » J'ai parlé de Candice. Elle m'a écouté en mâchant, m'a dit entre deux frites que j'avais de la chance d'aimer une femme qui me rende aussi heureux de souffrir.

– Je ne pouvais plus te donner ce que tu attendais, reprend Candice en faisant tourner le dépôt au fond de son verre. J'avais besoin de me recentrer, de rassembler toutes mes énergies. Là, je me suis prouvé que je pouvais réussir un projet personnel, en dehors de la cardio, en dehors de mon père, et ça commence à m'intéresser moins… Je ne sais pas, j'ai envie d'autre chose. De toi, peut-être.

– Tu crois ?

Je suis sur la défensive, bizarrement. Si près d'obtenir ce que j'espère le plus au monde, je réfrène son élan, je l'incite au doute, je gagne du temps. Peut-être que mon aventure m'a changé, peut-être qu'à présent je voudrais davantage qu'un retour en arrière, et que je ne la sens pas encore prête.

Son portable sonne. Elle détache ses doigts pour

répondre. A la tension sur ses lèvres, je comprends tout de suite qu'il y a un problème à la thalasso, et qu'on ne prendra pas de dessert. Encore un de nos moments suspendus qui va s'écraser en piqué.

Je détourne mon regard vers la ville. D'ici, on domine tous les jalons de notre histoire : le Club Mickey, l'Ecole de voile, les cours de violoncelle chez Mlle Marbey, la discothèque de nos premiers slows… Quinze ans de vacances, avant que je vienne m'installer à l'année. Quinze ans d'anniversaires, le sien, le 26 août. Quinze ans de cadeaux rituels, un maillot de bain, de Petit-Bateau à La Perla. Et puis notre cérémonie des enveloppes. Ses parents, eux aussi, lui offraient toujours la même chose : un virement sur son compte-chèques et une liste d'œuvres humanitaires. A elle de choisir, et moi je l'aidais : je tirais au sort et je fixais les montants. Ils ne lui avaient jamais rien donné de personnel, de peur d'en faire une enfant gâtée, une égoïste qui croit que tout lui est dû. L'éducation chrétienne à l'ancienne, fondée sur l'interdit et le don de soi, qui aide à forger les belles âmes, les vrais complexes et les grandes amantes.

Elle me reprend la main. Je l'entends répondre à sa secrétaire :

– On verra ça demain. Là, je déjeune avec un investisseur.

Les yeux dans mes yeux, elle raccroche. Le mot m'a touché. C'est vrai, j'investis dans les rêves des autres, et c'est ce qui me rend le plus heureux sur terre. Elle caresse mes doigts. J'ai terriblement envie d'elle, à nouveau. Et je sens qu'elle accepte ce désir. Elle demande l'addition.

– Tu n'es jamais venu chez moi, en fait.

Je confirme. Depuis un an qu'elle a quitté la villa familiale pour emménager avenue Théophile-Gautier, je ne connais de son nouveau décor que les plafonds que j'observe en contre-plongée, adossé au kiosque à poubelles, les nuits où je me sens trop seul.

On monte dans sa vieille Lancia Fulvia, la folie de ses dix-huit ans, que je lui répare tous les six mois. Elle s'énerve souvent contre elle, mais elle est incapable de la remplacer. C'est comme avec moi. On est ses deux collectors.

Le démarreur tousse, hoquette, rend l'âme. Elle m'empêche d'ouvrir le capot, m'entraîne à pied jusqu'à son immeuble. Bras dessus bras dessous, elle tire le bilan de mon aventure. Le bilan rationnel. Tout s'explique, d'après elle, par la chimie du cerveau, les informations inconscientes, l'imagination, les hallucinogènes, le hasard et la manipulation mentale. J'hésite à protester. Ce ne sont pas les arguments qui manquent, pourtant.

Elle m'ouvre la porte de l'immeuble. Dans l'escalier modeste qui sent le chou et la violette, je lui rappelle que j'ignorais totalement l'existence de Martha Beckmann jusqu'à mon arrêt cardiaque. Et avant-hier, à la maison de retraite, la photo sur la table de chevet m'a prouvé que c'est bien la même femme, soixante ans plus tôt, qui m'est apparue dans le tableau.

– Je ne dis pas le contraire, Jérémie. Je ne demande qu'à être convaincue, tu sais ; j'adore cette histoire. J'adore ce qu'elle a fait de toi.

Je souris. Ses doutes ne font que renforcer ma certitude. Magritte avait raison : « L'illusion n'est pas là où l'on croit. » La vraie vie de Martha Beckmann a lieu dans un tableau, pas sur un lit de douleur en soins palliatifs. C'est le rôle des artistes d'ouvrir des mondes parallèles, des issues de secours pour les existences brisées, les destins qui ne mènent à rien.

Candice me fait entrer dans son living qui sent la solitude, le surmenage et les finitions différées. Elle me propose un café. Je dis que je préfère un dernier verre. Elle sourit, sort d'un placard un coffret d'armagnac – sans doute le cadeau d'un patient.

Je m'assieds dans le canapé, ouvre avec un pincement au cœur le *Catalogue du centenaire* qui trône sur la table basse. C'est dans les pages de ce gros volume bleu, édité par les Musées royaux de Belgique, qu'elle a fait sous la couette mon éducation de Magritte. Il garde la trace de nos câlins, de nos cafés, les pliures de nos siestes... Je saute à la partie biographie, page 328, pour confronter le Perreux-sur-Marne d'avant-guerre à celui que j'ai découvert la semaine dernière. Et tout s'écroule.

Les doigts figés, je regarde la photo montrant René et Georgette dans leur salle à manger, en 1928. Ils dînent en compagnie de Salvador Dalí et Paul Eluard. Dans la légende figure le nom de la cinquième convive, coiffure en vagues noires et tailleur pied-de-poule : Martha Beckmann.

Candice vient s'asseoir près de moi. Elle suit mon regard, pose la tête sur mon épaule. Un soupir contrarié est sa seule manifestation de victoire. Elle aurait préféré que je lui donne tort.

– C'est cette image d'elle que tu as vue ?

Je confirme. Elle me relève le menton, tourne mon visage dans sa direction. Elle me dit que de toute manière, quels que soient les ingrédients de mon rêve, je l'ai mené à bien et elle est fière de moi. Je me détourne avec une moue. Fière de quoi ? De ma crédulité, de mon aveuglement, de mon jusqu'au-boutisme ? Elle ajoute en parcourant du doigt le sourire de Martha :

– Elle avait l'air heureuse, avec eux, en 28…

J'acquiesce. Aussi heureuse et sûre de soi qu'en maîtresse de maison, dans le tableau où j'ai projeté son souvenir oublié. Candice a raison : peu importe que l'explication soit rationnelle ou pas ; seul compte le résultat. Une petite vieille retournera mourir chez elle selon ses vœux, et voilà.

Elle enchaîne, pensive :

– Si Magritte a peint toutes ces versions de sa maison, après guerre, c'était peut-être pour l'aider à sortir de sa nuit intérieure…

La phrase provoque en moi des résonances étranges. Un apaisement, une douceur, un bien-être.

– … à retomber sous l'empire des lumières, conclut-elle en achevant sa phrase sur mes lèvres.

Notre baiser hésite, se prolonge, s'interrompt.

– Viens.

Le catalogue tombe sur le tapis. Elle m'entraîne dans sa chambre aux murs lilas. Epaté, je découvre qu'elle a reconstitué dans les moindres détails son décor de jeune fille dans la villa de ses parents. Seuls les pins sont absents de la fenêtre, remplacés par le clignotement d'un feu orange au-dessus du carrefour.

Je me retourne vers elle, croise son regard anxieux. Elle écarte les mains de sa robe, les laisse retomber d'un air fataliste :

– Je pensais que tu serais content de retrouver ce que tu aimes.

Les mots sont restés dans ma gorge. Elle est allée jusqu'à la fenêtre pour réduire la lumière sur le store vénitien. Quand elle a dégrafé sa robe, de dos, et qu'elle l'a laissée glisser à ses pieds, je me suis dit en regardant son corps nu que *La Femme intérieure* n'était qu'une vision prémonitoire.

Elle me bascule d'un coup sur son lit avec sa lueur d'autrefois, sa voracité joyeuse, son impatience à me déshabiller dans l'ordre inverse des strip-teases : pantalon et caleçon en même temps, chemise, chaussures. En mordant sa lèvre inférieure, elle me chuchote, au moment de retirer d'un air langoureux ma deuxième chaussette :

– Tu peux dire merci à Miss Vincennes.

Nos corps se sont enlacés, cherchés, retrouvés peu à peu. Entre deux caresses, j'ai glissé un œil vers *L'Empire des lumières.*

C'était peut-être un éclat sur la vitre du cadre, mais j'avais l'impression qu'une troisième fenêtre venait de s'allumer dans le tableau.

Au premier étage de la maison des lumières, tandis que Bambi lui retire ses bigoudis, Martha sourit au-delà de son reflet. Elle sourit à La Femme intérieure *– son tableau qu'elle a dissimulé derrière la grande glace de sa chambre en 1939. Hommage d'un peintre qui lui devait tant, témoignage d'un désir qui ne s'exprima que de cette manière, symbole obstiné d'une victoire de la passion sur le temps. Personne sans doute ne reverra ce tableau, mais il pourra continuer discrètement à diffuser le message d'amour dont je l'ai chargé, indifférent aux modes, aux convoitises et aux limites humaines.*

Martha peut nous rejoindre à présent, quand elle voudra ; mon épouse Georgette et moi serons ravis de la revoir.

René Magritte
(1898-1967)

DU MEME AUTEUR

Romans

VINGT ANS ET DES POUSSIÈRES
Le Seuil, 1982, prix Del Duca

POISSON D'AMOUR
Le Seuil, 1984, prix Roger-Nimier

LES VACANCES DU FANTÔME
Le Seuil, 1986, prix Gutenberg du Livre 87

L'ORANGE AMÈRE
Le Seuil, 1988

UN OBJET EN SOUFFRANCE
Albin Michel, 1991

CHEYENNE
Albin Michel, 1993

UN ALLER SIMPLE
Albin Michel, 1994, prix Goncourt

LA VIE INTERDITE
Albin Michel, 1997,
Grand Prix des lecteurs du Livre de Poche 1999

CORPS ÉTRANGER
Albin Michel, 1998

LA DEMI-PENSIONNAIRE
Albin Michel, 1999,
Prix Femina Hebdo du Livre de Poche 2001

L'EDUCATION D'UNE FÉE
Albin Michel, 2000

L'APPARITION
Albin Michel, 2001, Prix Science-Frontières
de la vulgarisation scientifique 2002

RENCONTRE SOUS X
Albin Michel, 2002

HORS DE MOI
Albin Michel, 2003

L'ÉVANGILE DE JIMMY
Albin Michel, 2004

ATTIRANCES
Albin Michel, 2005

LE PÈRE ADOPTÉ
Albin Michel, 2007, prix Marcel-Pagnol 2007
Prix Nice-Baie des Anges 2007

LA NUIT DERNIÈRE AU XVe SIÈCLE
Albin Michel, 2008

Récit

MADAME ET SES FLICS
Albin Michel, 1985 (en collaboration avec Richard Caron)

Essai

CLONER LE CHRIST ?
Albin Michel, 2005

Théâtre

L'ASTRONOME, prix du Théâtre de l'Académie française – LE NÈGRE – NOCES DE SABLE – LE PASSE-MURAILLE, comédie musicale (d'après la nouvelle de Marcel Aymé), Molière 97 du meilleur spectacle musical.

A paraître aux éditions Albin Michel.

Composition IGS-CP
Impression CPI Bussière en février 2009
à Saint-Amand-Montrond (Cher)
Editions Albin Michel
22, rue Huyghens, 75014 Paris
www.albin-michel.fr

ISBN broché 978-2-226-19079-6
ISBN luxe 978-2-226-18432-0
N° d'édition : 25678. – N° d'impression : 090496/4.
Dépôt légal : mars 2009.
Imprimé en France.